城市邊陲的遁逃者

臺北地方異聞工作室 —— 著

瀟湘神 —— 原案

瀟湘神、長安、青悠 —— 文字整理

2016年 四月
温羅汀地圖

N

基隆路高架道路

蟾蜍山

2072

2073

KoKopelli
Cafe

煥民新村

羅斯福路四段

寶藏巖

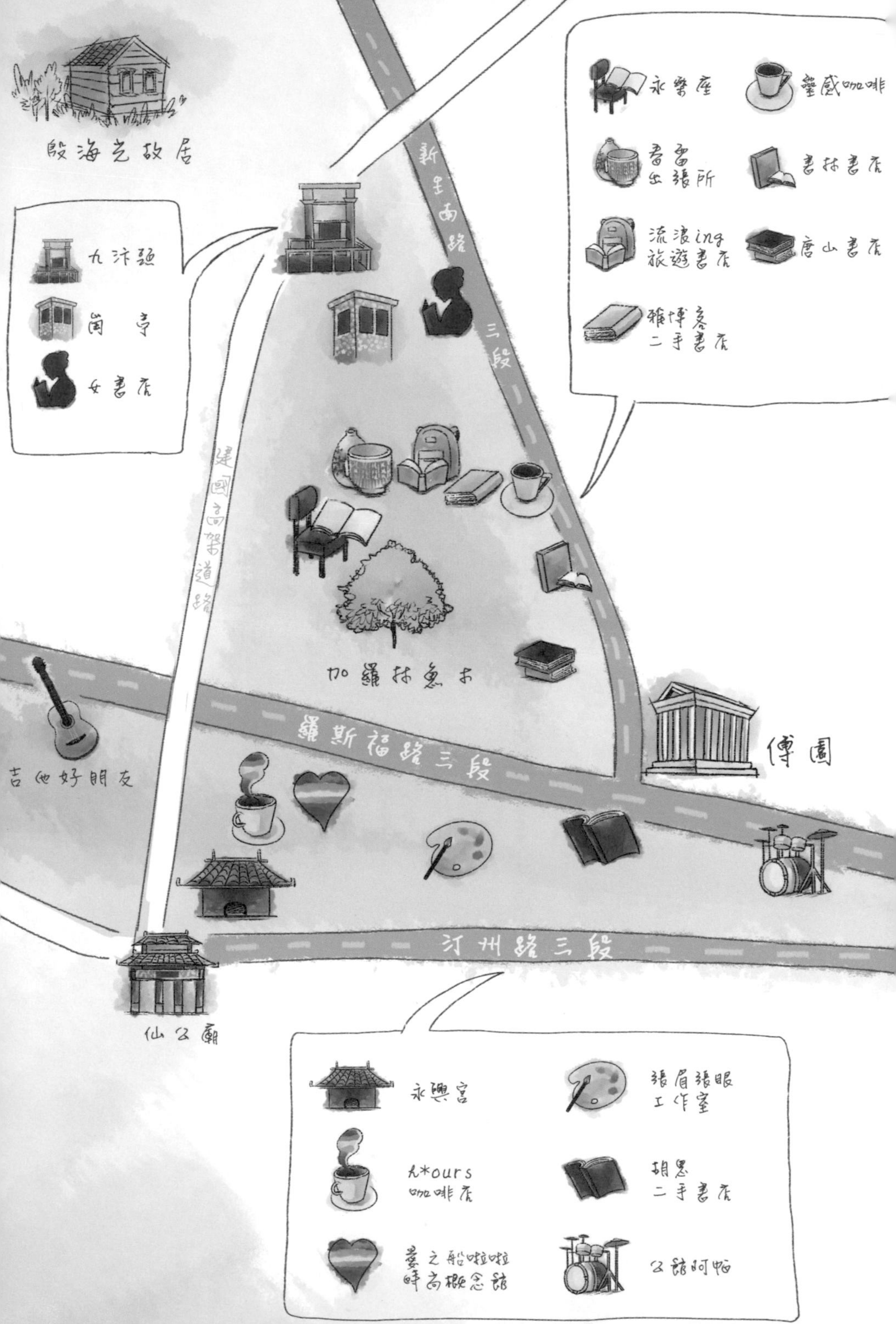
殷海光故居
九汴頭
崗亭
女書店
永樂座
蠻咸咖啡
香當
出張所
書林書店
流浪ing
旅遊書店
唐山書店
雅博客
二手書店
新生南路
三段
建國高架道路
加羅林魚木
傅園
羅斯福路三段
吉他好朋友
汀州路三段
仙公廟
永興宮
張眉張眼
工作室
h*ours
咖啡店
胡思
二手書店
愛之船啦啦
時尚概念館
公館阿帕

目錄

前言

這本書，與其說是小說，不如說是紀錄。一個真實事件的紀錄。

二零一六年，台電公司主辦的公共藝術活動「給新溫羅汀一道不一樣的光」，其中有個子項目委託給臺北地方異聞工作室，便是「城市邊陲的遁逃者」，希望將新溫羅汀一帶的人文脈絡結以奇幻小說與遊戲的形式結合呈現。其結果，工作室於四月舉辦了一場長達二、三十天的交錯實境遊戲。

故事從某人宣稱「拯救書中人，拯救溫羅汀」開始，玩家們齊聚於溫羅汀的某間獨立書店，在一本筆記本上交流，並透過線索四處蒐集「奇幻小說」，慢慢瞭解溫羅汀發生了什麼事。在短短不到三十天的日子裡，玩家們完成了厚達兩百多頁的筆記本，本書即以筆記本為主幹，蒐羅玩家訪談與玩家間在網路上的互動，匯合成此紀錄。

若說「虛假」意指不符現實，那本書內容，幾乎毫無虛假（除了最後一小段超自然描寫）。與同樣改編自遊戲結果的《帝國大學赤雨騷亂》不同，《赤》書雖保留遊戲結果，卻對角色的行動、動機有相當程度的改造，其中有著作者的意圖與餘裕；本書則否。故事發展完全遵照紀錄，連對話也力求與紀錄一致，我們更像編纂者，只是將事情整理為利於閱讀的形式。因此這不是小說，作者意圖在玩家的共同創作下，幾乎不存在。

但這不意謂著本書沒有「虛構」的成分。事實上，本書處處是虛構的痕跡；那是建立在真實之上的虛構，是對紀錄的再詮釋。作為一場虛實交錯遊戲，《城市邊陲的遁逃者》或許是一份非常適於探討虛實關係的文本。

為何出版這本書，是因為溫羅汀存在某個值得關心的議題，我們希望介紹給大家。同時也希望大家知道，溫羅汀不只是商圈，還有其歷史脈絡，透過這個長達兩百年的故事，我們希望大家對公館周邊的發展演變有粗略的瞭解。此外，在一個以「獨立精神」與「自由」為主題的故事裡，玩家是特別值得記上一筆的。遊戲最後，玩家行動導致了預設的故事線崩壞，這對遊戲設計師固然是極大挑戰，但玩家此刻展現出的主動性，熱血到讓人難以相信發生在現實中。

本書由長安在大量紀錄中整理、排列出故事主幹，由青悠潤飾第四章，最後由瀟湘神微調架構，補充第一人稱的個性描寫。感謝在編纂過程中得到的所有幫助。

只發生過一次的那場冒險，
現在，你還有機會經歷——

第一章　交錯實境遊戲

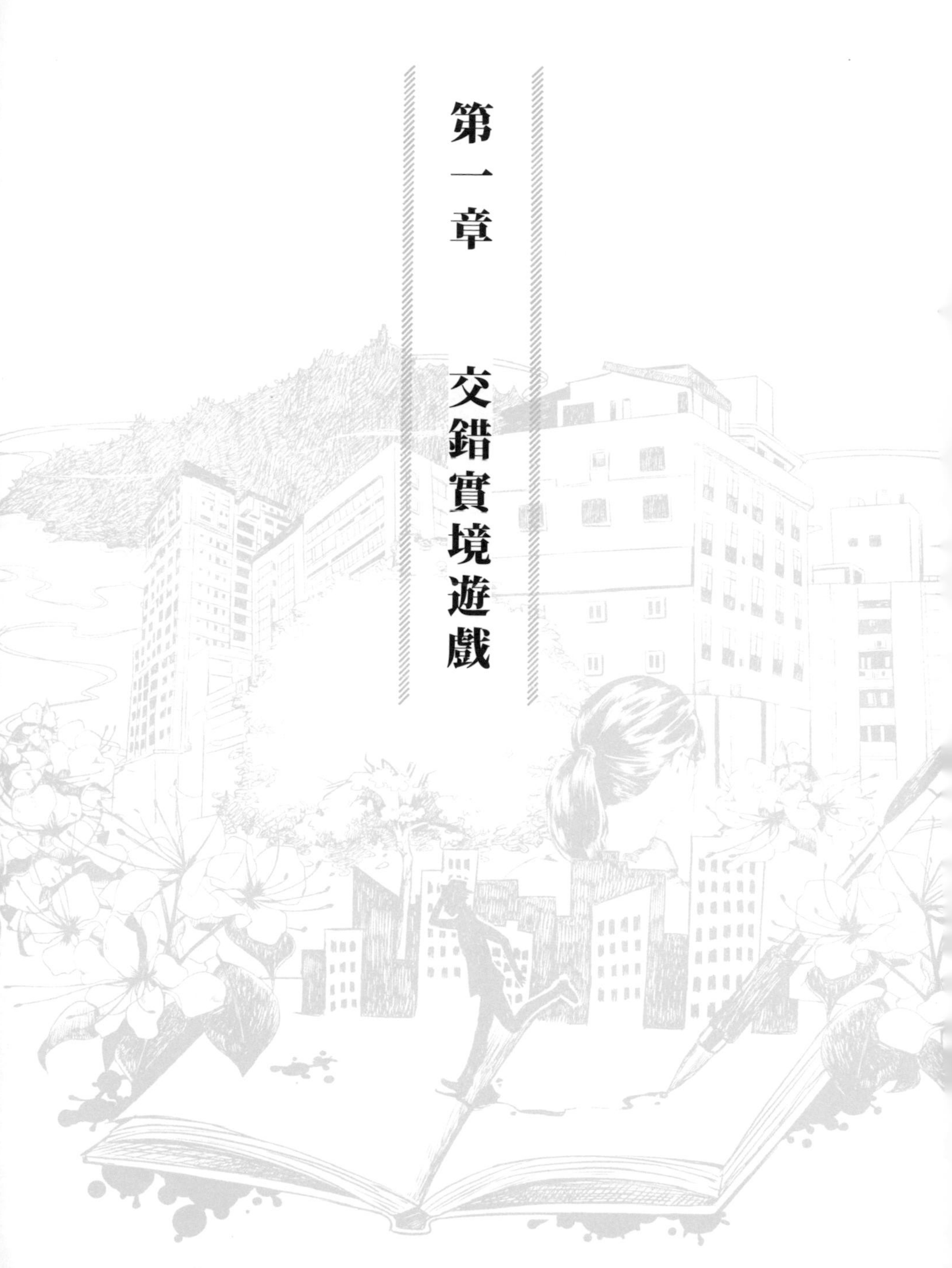

1.

【城市邊陲的遁逃者，正式開幕！】

各位好，請容我向各位說明一件事：溫羅汀現在正被某種未知的危機籠罩，但那個危機究竟是什麼，尚無人知曉——或是說，知曉的人已經不在了。各位能找出這危機到底是什麼，並阻止它降臨溫羅汀嗎？

請容我為各位指引一些方向。

故事開始於「KOKOPELLI CAFE」，那是夢境、精神世界與現實的交界，請找到這個地方，閱讀最初的故事，並循線索找下去吧。請試著找出誰是「書中人」，還有「書中人」到底遇上了什麼事，並拯救他吧。若是如此，或許有千分之一的機會，能幫助溫羅汀……

這不是愚人節玩笑。

Mac螢幕優雅的光將粉絲頁活動內容映入我眼中。愚人節？對喔，今天是四月一日。但臺灣真的有人在過愚人節嗎？這麼認真撇清，反而欲蓋彌彰；更別說裡頭寫的話實在讓人認真不起來。

我會看這麼莫名其妙的東西，是因為頂頭上司（真不想這麼叫，但也沒更好的說法）十分鐘前打電話給我，說要我觀察、監督一場遊戲。

遊戲？我簡直丈二金剛摸不著腦袋。

——遊戲這種東西，不是小孩子玩的嗎？

——據說現在也有很多成人玩遊戲，像密室脫逃一類的。

這倒是略有所聞，但為何要監督遊戲？雖然困惑不解，可頂頭上司吩咐了，我也沒有說「不」的權利。那時上頭給了「城市邊陲的遁逃者」這個關鍵字，我丟進Google，便找到這個活動頁，前面寫著幾個字：「新溫羅汀實境遊戲」。

所以這是個遊戲。

監督這場遊戲，就是監督這個活動的意思吧？不過，在活動頁上寫幾句話，算什麼實境遊戲？還是說，遊戲場所在這個「Kokopelli Cafe」？那怎不說清楚？留下這段謎一般的文字，真的會有人玩這場遊戲嗎……？

溫羅汀現在正被某種未知的危機籠罩。

螢幕上，這行字不斷抓住我的視線。

或許這就是頂頭上司要我關注遊戲的原因。畢竟，說起溫羅汀的危機，恐怕沒人比我們更清楚。但我真的很想抱怨——這難道不是小題大作嗎？所謂遊戲，就是虛構的，遊戲設定中的危機無論多嚴重，哪比得上現實中的危機啊！真不懂有什麼認真的必要。

但工作就是工作。既然宣言都提到Kokopelli Cafe，也只能去看看了。也罷，大家都說遊戲是一種娛樂，沒享受多少娛樂的我，就趁工作之便好好享受吧！我關上 Mac，光消失在黑暗中，或是說，黑暗吞滅了光，無聲無息地。

2.

Kokopelli Cafe 位於在羅斯福路小巷裡——我是透過 Google Map 知道的。光看地圖還沒感覺，實際到了羅斯福路，才發現真難找；鑽進水源市場旁狹長的巷子，走到底才會看到它在右手邊，店面小小的，不怎麼引人注目，要不是事前知道這地方，也許就錯過了。

走進 Kokopelli 稍微轉了一下，在桌上發現三本小冊子，上面寫著「城市邊陲的遁逃者」。原來如此，這就是起點？所以 Kokopelli 也不是實境遊戲的活動場所，只是提供這些小冊子而已。

有夠怪的。在臉書上看文字，來現場也看文字，那有什麼好玩？雖說如此，我還是翻開閱讀，畢竟，不看一下內容，似乎無法繼續這場怪異的遊戲。

Kokopelli

那段因辜負而褪色的時光，對張宛晴來說就像退不去的海潮，就算她在沙灘上氣得亂踢沙子，潮水也只是一次次湧上，諷笑她的無能為力。那是分手留給她的東西。沒什麼美好的東西。差勁透了。

其實她不是沒有努力過。

在一般人眼裡，她不聰明，男友常笑她傻，她也笑著承受。但她有現實精明的一面。世上無完人，也沒有完美男友，雖然她熱切地愛著他，也看得出男友的種種缺陷。她說服自己容忍，兩年過去了，她自信起來——她能容忍，也能習慣——那是愛情能長長久久的原因。她沒想到自己會被甩，還是以那麼不留情面的方式。這足以將她花了兩年建立的自信摧毀。

聽朋友說，分手後平均需要半年來走出傷痛，至今才兩個月，真好，彷彿再過四個月就沒事了。但時間有什麼意義呢？痛苦的程度，足以使一分鐘變成無限，讓她在夢境邊緣不斷被自身的挫敗驚醒。兩個月裡，她渾渾噩噩，工作分心，瘦了三公斤。

「加油，再瘦下去，就會進入標準體重範圍了。」宛晴站在體重計上喃喃自語，她可不是為了前男友而瘦，雖然是前男友害的。

她痛恨他。

但也想他。

那些令人痛恨的記憶中，總有溫柔的一面。但冷卻的溫柔只是銳利的碎玻璃，在萬花筒般的夢裡割她。她不知該怎麼定義那兩年，那在她生命裡有何意義？她氣惱、痛恨、惋惜，就是沒有愛憐，她失去愛惜自己的力量。

這就是她接觸靈療的契機。

「你再這樣下去不行。」大學同學聚會時，蓁如勸她：「我剛好知道有個心靈課程，你去放鬆一下。」

「你不是在推薦什麼奇怪的宗教吧？」宛晴下意識地說。

「怎麼可能！拜託，你認識比我更理智的人嗎？告訴你，心靈課程並不可恥，現代人壓力這麼大，還不好好愛護自己的心靈嗎？很多人都有錯誤觀念，認為上心靈療養的課程是種軟弱，是有缺陷，有問題的，其實完全錯誤！心靈跟身體一樣，是需要好好照料的……」蓁如滔滔不絕地講起大道理，不一會兒宛晴便沒在聽了；本來就心煩意亂，哪有精力再去迎合蓁如的演說癖？

其實她不是沒興趣，只是猶豫不決。

為何猶豫？她也知道現在的自己不正常，更不喜歡現在的自己，但她竟有些滿足於沉溺在痛苦中，彷彿痛苦是一種麻藥，麻藥侵蝕神經，進而癱瘓身體，讓她倦於踏出一步。

然而她也知道，她只需踏出一步。

「我知道了啦，蓁如。」宛晴打斷好友，疲乏地笑：「給我課程的東西吧。」

這就是宛晴踏上靈療之旅的起點。

意料外的是，最初雖只是姑且一試，前幾堂課也戰戰兢兢，但到某一堂課，她忽然瞭解了什麼，像是雷打到，令她渾身顫抖——這麼說有些誇張，但她覺得自己彷彿領悟了某種宇宙真理！好像打開了什麼通道，本來窒礙的事物都變得順暢明快。

那次課程上，她還沒什麼感覺，只是有所領悟，好像有些特別，有些不一樣了。回家後，她面對空無一人的單人公寓，手指在電燈開關上徘徊，忽然停住。不知為何，黑暗變得好親切，就像溫暖的海水，宛晴忍不住痛哭出來。

真奇怪。她不覺得悲傷，只是心裡某個僵化的部分鬆了開來，情感一口氣流入，化為淚水湧上沙灘，嘩啦嘩啦地變成泡沫。她這才發現自己的心靈幾乎要窒息，直到那時才重新呼吸。

在那之後，她就熱衷於心靈療法，參加一個又一個課程，每次都有嶄新的體驗，不知不覺中就要成為身心靈課程大師。三個月後，她參加一個新的課程，地點在公館捷運站附近的 **Kokopelli** 咖啡，那是一間結合身心靈課程、藝術與咖啡廳的店家，在幽靜的小巷子裡，帶著些綺麗的神秘感。

「你知道什麼是 **Kokopelli** 嗎？」店員語氣溫柔地問。宛晴很喜歡這種說話的態度，令她著迷。她搖了搖頭。

「**Kokopelli** 是印第安人的大地精靈，帶來豐饒，同時也是藝術的精靈。你看，我們招牌上的 **kokopelli** 就拿著笛子，傳說人們會隨著祂的音樂起舞，萬物因此發芽，帶來心靈上的富饒……那也是我們希望能在冥想課程中帶給大家的。」

「我瞭解。」宛晴感動地說：「我也有這樣的經驗。」

「你曾經冥想過嗎？」

「沒有，不過心靈課程帶給我很大的幫助，所以我也想知道冥想能帶給我什麼……或我能走到多遠，我想嘗試各式各樣的事物。」張宛晴越說越興奮：「因為心靈世界太了不起了！我們還有很多不瞭解的部分，我們的心跟這個世界、跟夢境、跟世界背後運作的東西連在一起……我想更瞭解那些我們平常看不動的事物。」

「你會的。」他點點頭，溫柔地笑：「我覺得你有薩滿的天賦。」

「薩滿？」

「是的。當然，所有人都可以是薩滿，只是我們忘了與自然溝通的能力。其實這個充滿靈性的世界一直在給我們訊息，帶給我們力量，只是人們忘了如何去回應，但藉由適當的訓練，我們便能接觸深層、高階的精神世界，帶給我們和平，指引我們方向……我覺得你會學得很快。」

宛晴連忙點頭：「我希望多瞭解這些！」

「那麼，歡迎你加入我們課程。」

那時，張宛晴還不知道自己將被捲入什麼。那是一場冒險的開端，遠遠超出她所知的世界；她還不知道，在這場冒險中自己能走多遠，那甚至是無數的心靈探索課程都無法告訴她的。她也不知道自己將面對超越日常的「危險」。

＊

「——終於等到你了。」

一個聲音在她的心靈世界裡響起。

「咦？」張宛晴有些驚訝。她聽老師說過，人在冥想中會看到各式各樣的事物，可能是天使、精靈、獨角獸，她本以為看到自然什麼都不會意外，但眼前這個景象還真的出乎她意料。

那是一個帥哥。

正確來說，是足以令她心動的美貌青年。但說青年又不精確，他彷彿處在「少年」這個階段的尾巴，稚氣未脫的同時，又帶著成熟俊秀的芬芳，這種位於交界的氣質十分獨特，讓他散發著彷彿鑽石粉般的光彩。

美貌青年戴著帽子，身穿風衣，彷彿從電影《上海灘》出來的人物，卻騎在一隻紅頭白鶴上，身旁白煙縹緲，有如神仙出世。張宛晴忽然有些不好意思，她沒想到冥想中居然會出現這樣令她心動的「啟示」，她在想這有什麼意義，是神靈在指引她該找新男友了嗎？

「總算等到了。」青年笑著說，聲音也好聽極了：「太好了，你可是萬中選一的人，正因我們有緣，才能像這樣見面……」

咦？

他在說什麼啊！張宛晴滿臉通紅，如果這是神的「啟示」，那也太直白了吧！說什麼緣份，難道是千里因緣一線牽？她正要說話，卻忽然感到什麼不對。該怎麼說呢，在Kokopelli的冥想課程中，她一直覺得很舒適，能夠放鬆身心，但這時她卻感到寒冷，皮膚表層有種靜電般的發麻感，這是前所未有的感受。

而且她頭皮發麻，彷彿背後有什麼危險的東西正在接近。

「抱歉，看來我不宜久留。」美貌青年看著她身後，臉色微變：「我會再來見你。」話才說完，他已化為白煙消失，張宛晴要挽留他，卻發現自己開不了口，不，她動不了。好奇怪！她知道自己正在冥想，也聽得到老師指示，眼睛卻張不開，彷彿靈魂在釘在冥想世界中，像被鬼壓床。

「……張宛晴？張宛晴！」

忽然間，天崩地裂。「哇啊」一聲，張宛晴嚇得彈起來，她張開眼，發現同學都圍在旁邊，老師抓著她的肩膀，一臉擔心。她呆呆地看著他們：「怎、怎麼了嗎？」

「你一直沒結束冥想。」老師溫柔的聲音帶著些恐懼：「怎麼了？你在冥想中見到什麼了嗎？」

見到什麼了？她想起美貌青年的臉。但更讓她在意的，是青年消失前的表情，簡直就像被什麼發現了，讓他不得不逃跑。剛剛她見到的景象顯然跟平常的冥想不同，到底是怎麼回事？

「……不，沒什麼特別的。」不知為何，張宛晴沒有說出剛才的事：「也許我只是太累了。」

「那你回家好好休息。」老師說。宛晴點點頭，沒多說什麼。她不明白自己為何不說，但她隱約有種感覺，那名青年也不希望她說。青年說他跟自己有緣，這樣的說法，讓她無論如何也不想背叛他的期待。

當晚，她做了個夢。

那是場很像冥想的夢。她飄浮在夢中，全身放鬆，彷彿有某種美妙的音樂在她心頭低低迴響。她看到了異象。一隻巨大的蟾蜍聳立在黑暗中，牠身上流出血，在前腳處分成兩條，流向不同地方。奇怪的是，那不像血河，而像是某種血管，在漆黑中發著微微的紅光。

一條血管流向遠方，另一條卻流向宛晴。血管邊有棵樹，它的樹根也暴露在空中，其中一部分伸進血管中。血管繼續朝著她前進，直到在某處一分為三，分岔的地方，宛晴看到一隻狗，但牠的表情呆滯，像被石化了。

「你好，張小姐。」聲音從背後傳來。

宛晴回頭。

「是你！」她發出驚呼，只見駕鶴青年翩翩立於眼前。咦？她嚇了一跳，怎麼她可以說話？明明在 Kokopelli 時她開不了口啊。正存疑間，青年已飄到她面前，距離近到使她心跳加速；他神情嚴肅：「是的……張小姐，很抱歉，我時間不多，無法多作解釋。但有件事我只能委託你，請你幫我。」

「什、什麼事？」張宛晴還沒把心情調適過來。光看青年的臉，真是既可愛又帥氣，讓她差點就要一口氣答應了，但她決心先搞清楚狀況。

「請你收下這個。」

青年將某個東西交給她，她接過一看，發現是本筆記本，封面畫著一棵樹。宛晴大惑不解，這到底是什麼？為何要交給她？

「我知道你一定不懂。」青年說出她的心聲：「不過溫羅汀現在正陷入危機，這本筆記本，說不定是拯救溫羅汀唯一的辦法。」

「什麼！」宛晴大吃一驚。她知道「溫羅汀」是溫州街、羅斯福路、汀州路一帶的合稱，這地方能陷入什麼危機？不，應該說「危機」這兩個字離她太遙遠。她是個循規蹈矩的一般人，除了談戀愛外，從不做什麼冒險的事，她大腦中的警報嗡嗡作響，正警告她不要輕率答應。

「……我該怎麼做？」

張宛晴，不要啊！她的理智不斷朝她發出警告。但這名青年──該怎麼說？他帶著認真的覺悟，就像背水一戰。她從未在朋友臉上看過這種表情。也許是大家的生活太安逸了，安逸到幾乎不會去挑戰任何事。在既定的規矩中就活得下去，那何必挑戰？但青年那副覺悟的表情，卻帶著一種前所未見的美，比他的相貌更讓她心動。

「謝謝你。」青年微微一笑：「我需要你──」

來了。

張宛晴忽然毛骨悚然。

是那種感覺！這種皮膚麻麻的感覺，就是今天冥想時遇到的！難道這就是青年說的危機？只見青年臉色一沉：「可惡，連夢裡都盯得這麼緊……張小姐，我得走了，再待下去對你不好。」

「等一下！我還不知道該怎麼做啊？我到底要怎麼幫溫羅汀？」宛晴叫道。

「謝謝你。不過，不要把事情都擔在自己身上，這不是一個人就幫得了的。」青年微笑，身影開始變淡，他認真地看著宛晴：「記住我的話——拯救書中人，拯救溫羅汀——只有幫助筆記本中的人，才能找到拯救溫羅汀的方法。」

夢境開始顫動。宛晴還有事想問，青年已經消失，接著，整個夢境開始扭曲變形，就像被漩渦吸進去一樣。宛晴也是，她還來不及驚呼，就被強大的吸力給拉長，意識也破碎消滅。

*

張宛晴醒了過來。

她是驚醒的，就像惡夢一般。黑暗中，有著螢光的時鐘顯示現在還不到五點。她鬆了口氣，正想繼續睡，忽然覺得有什麼不對，她好像摸到了什麼——

她從床上彈起來。

是筆記本！張宛晴呼吸加速，她很確定自己睡前什麼都沒拿。她衝到門邊開燈，白光之下，筆記本正躺床上，從封面的樹木圖畫看來，正是夢中的筆記本！所以說，那不是夢？不不，那是夢，但不只是夢——

宛晴這才開始有「被捲入什麼事」的自覺。

她小心翼翼地走到床邊，翻開筆記本，只見第一頁最上面寫著一段文字：「我知道你很緊張，你不瞭解自己怎麼了。但冷靜下來，拿起旁邊的筆，在筆記本裡寫字，試著向筆記本對面求救，有人會幫你。」

看到「不瞭解自己怎麼了」時，宛晴還以為這段文字是在對自己說，但越看下去越不對。向筆記本對面求救是怎麼回事？而且就在這段文字下，有另一行用綠色筆寫出來的字。

「有人嗎？有誰能幫我嗎？」

宛晴感到毛骨悚然，她隱約察覺是怎麼回事了。那青年不是說了嗎？只有幫助筆記本中的人，才能找到拯救溫羅汀的方法。筆記本中的人是誰？不就是寫下這行綠色文字的人？

她想到《哈利波特》中，有一本湯姆・瑞斗的日記，只要在日記上寫字，湯姆・瑞斗就會跟你說話，難道這本筆記本也是如此？於是宛晴將筆記本拿到書桌，在上面寫道：「我在這裡。你是誰？我該怎麼幫你？」

沒有變化。

宛晴等了幾分鐘，筆記本上卻沒出現新的文字，她甚至將整本筆記本都翻了一遍，但其他地方都是空白的。奇怪，難道跟她想的不同？但沒有變化，她也無法做什麼。太陽升起後，她帶著筆記本去上班，一有時間就將筆記本拿出來檢查。

直到下午五點，都快下班時，筆記本才終於出現變化——她都快放棄了——一發現變化，宛晴高興的幾乎要跳起來！正如她所料，有人被困在筆記本裡，而且只要在筆記本上寫字，那個人就能回應。但對方似乎不能馬上回應，她也是等了十二個小時才終於等到。於是她又用筆記本跟對方筆談了幾天，心想馬上就會有進展了，只要多問幾天，就能知道該怎麼拯救溫羅汀。

但事情跟她想的不同。

幾天後，美貌青年再度出現在宛晴夢中。

「我等了你好久。」宛晴忍不住抱怨：「要是你再不來，我就不知道該怎麼辦了！」

「抱歉，我必須迴避某些東西……今天我也只能講幾句話而已。」

「不意外。」前兩次都是如此，宛晴已經習慣了：「那我直接問，我該怎麼做？我本來以為那個人會知道該怎麼救他，但他也不知道，而且他這麼徬徨，我甚至不知道該怎麼安慰他！」

宛晴也很意外自己居然這麼投入。

說到底，溫羅汀怎麼樣，與她無關。但既然要做，她就不打算半途而廢，所以這幾天毫無進展讓她感到沮喪。青年再度現身夢中，簡直就像一盞明燈——總算能有所突破了！

「要救他容易，要救溫羅汀卻難。」青年苦笑：「張小姐，很抱歉這麼麻煩你，不過我想麻煩你把筆記本拿到『永樂座』，只要放在那裡就好。」

「什麼？為什麼？先說好，我可沒辦法每天到永樂座回應喔。」

「沒關係。正如我剛剛說的，救他容易，救溫羅汀卻難。但若是不救他，連怎麼救溫羅汀都無從著手。把筆記本放在『永樂座』，是為了讓更多人參與拯救他的行列——只有一個人是救不了溫羅汀的。」

「啊，這樣啊……」宛晴喃喃說，忽然領悟他的意思，有些不滿：「所以說，就算不是我也能救他？」

「不，你是關鍵。」青年微微一笑：「要是沒有你，我連讓筆記本現世都做不到。要將筆記本拿到『永樂座』，也必須依靠你。本來我已經絕望……張小姐，能見到你真是太好了。」

雖然有些難以釋懷，但青年這麼說還是讓她受寵若驚。不幸的是，就像所有戲劇作品，事情不可能平順發展；既然她心情好轉，壞事就一定隨之發生。

「那麼，我還有問題想問。到底溫羅汀遇上的危機是什麼？為何救這個人才能就溫羅汀？還有，你在逃避什麼？最重要的是，你到底是誰？」

宛晴才剛一口氣問完，就像說好的一樣，那股不祥之氣又出現了。青年露出苦笑：「抱歉，張小姐，這解釋起來太長了，在這裡，我實在無法……而且我該走了。」

「等一下！」宛晴連忙問：「你下次什麼時候來？」

「我無法保證。但我會盡快。」

青年說完便消失了，夢境再度破碎。這次醒來後，宛晴沒有任何不安，畢竟這次的指示再明確不過。但她心裡懷著些複雜的情緒。她想到《牡丹亭》，在《牡丹亭》中，杜麗娘在夢中邂逅了柳夢梅，但那駕鶴青年若是柳夢梅，他心心念念的卻是拯救另一個人。

真可惡，有些不甘心啊！宛晴心想。

但她不是半途而廢的人。而且她很清楚，筆記本中的人確實徬徨不安，既然知道了，便無法放著不管。雖然不知為何把筆記本放到「永樂座」，就會有更多人來救他，但青年這麼說一定有其道理。

於是隔天，三月三十一日，她下班後特別繞了遠路，只為將筆記本放到「永樂座」，揭

3.

——原來如此。

故事以Kokopelli為舞台，所以把小冊子放在這裡吧？原來還有身心靈課程啊，仔細一看，旁邊確實擺了水晶之類的東西……本以為只是普通的咖啡店呢。故事結尾說張宛晴受夢中青年指示，在三月三十一日下班後將筆記本放到永樂座。那麼，現在去永樂座的話，就能夠看到那本筆記本……？

我大約有些概念了。

就像闖關遊戲吧？要過好幾個關卡。臉書引導我到Kokopelli，再引導我去永樂座。所謂「實境」，原來不是某個房間或建築，而是整個溫羅汀？故事裡，夢中青年說了和臉書貼文如出一轍的話：

記住我的話——拯救書中人，拯救溫羅汀——只有幫助筆記本中的人，才能找到拯救溫羅汀的方法。

這應該就是遊戲主軸了。遵循著遊戲給出的訊息，拯救那個筆記本中的人、一步步瓦解溫羅汀的危機……坦白說，我有點哭笑不得。

就算是虛構的遊戲，也太看不起所謂的「危機」了。如果這麼簡單就可以拯救溫羅汀，我也不用做這個工作了。

4.

相較於 **Kokopelli** 近於水源市場，「永樂座」靠近台電大樓。

儘管都位於溫羅汀區域，卻分據兩端。從 **Kokopelli** 走到永樂座有一小段路，但我並不排斥在溫羅汀走路；在這裡散步，有種悠閒自在的氣氛，就像自己是附近頂尖大學的學生，盡情地享受這個地方散發的書香人文氣息。密集的咖啡館和書店有一種情調，透過矮牆能隱約窺見的老房子，也可以盡情想像它或許曾是哪位名人的故居。走在這裡，像與古今的文化人們腳步重合。雖然也不是沒有讓我感到不舒服的地方，但那種地方，無視就好了。沒人說這裡非得是天堂不可。

拉開永樂座貼滿講座海報的大門，正有人從店裡側身出來。我看過去，最裡頭的小房間聚著許多人——真意外；依我過去對永樂座的印象，它並不是人這麼多的地方。

這家擁有高大木製書櫃的書店，四周擺滿了書籍，予人靜謐舒適的感受，但上門的顧客帶來了不同景象，難道他們都和我一樣，是因 **Kokopelli** 的故事而來？這場遊戲竟有這麼多玩家？我還以為那種莫名其妙的訊息一定無人理會！

鑽進裡側房間，果然，張宛晴帶來的筆記本就放在木桌上。一見筆記本封面，我猛然吸了口氣——Kokopelli 的故事中確實提到過封面上有棵樹，但我沒想到竟是這棵樹！我認得它，怎麼會——不，我在想什麼，這當然只是巧合。封面似乎是某人手繪，不是印製的，看著它，我興起一個想法：這就是那些傢伙吩咐我監督這場遊戲的原因？他們看過這封面了？

筆記本內頁是與封面顏色相襯的牛皮紙。前面的玩家見我來了，寫完留言便把筆記本遞給我。我接過它。

第一頁，張宛晴和書中人的對話躍然紙上……嚇我一跳！這一字一句，都與 Kokopelli 小冊子裡的描述相符，簡直就像見到故事中的實物。

但這也是當然的。筆記本與 kokopelli 看到的描述一樣，這就是遊戲的「設計」。但不知為何，遊戲刻意設計得與現實雷同，讓我有些不安……書中人在筆記本上留下了綠色的字跡，他和橘筆的張宛晴對話了幾次，看來對自己的處境有些混亂，只知道自己被關在某個地方，無法出去，甚至還失憶了，連自己是誰、為何遇到這些事都狀況外，十分不安。

我往後翻了好幾頁，這時已有不少玩家留言，他們都安慰書中人，說一定救他出來。

我有種荒唐感。為何這些玩家這麼快就接受遊戲設定？也不是說非得這樣不可，但怎麼沒人出來戳破事實，對書中人說「別裝了，我知道這只是遊戲而已」？看到這麼多人對虛構的事如此熱衷，真令我毛骨悚然。

我細細看下去，雖然關心書中人不少，但也有彷彿來亂的，這時，書中人還未回應——根據張宛晴的經驗，筆記本無法即時傳遞訊息，大約要過十二小時，甚至更久。看來這場遊戲的設定中，夢中青年的力量遠不如湯姆・瑞斗。要看到有意義的東西，恐怕要等書中人下一次回應。眼見還有玩家在等，我將筆記本讓給他們，就這樣離開了永樂座。

我知道你很緊張、你不瞭解自己怎麼了
但冷靜下來，拿起旁邊的筆、在筆記本裡寫字。
試著向筆記本對面求救、有人會幫你。

有人嗎？有誰能幫我嗎？

我在這裡。
你是誰？
我該怎麼幫你？

我…我不知道。你真的願意幫我嗎？救救我！

你怎麼了？

我也不知道。但我好像出不去。你可以進來救我嗎？

你在那裡？要怎麼救你？你為什麼會被困住？
還有整件事情到底是怎麼回事？
還有你認識那個出現在我夢裡的人嗎？
有瀏海、穿著風衣、戴帽子，
年齡介在少年和青年之間的
既可愛又英俊的一個人

那誰？？？？？

我應該不知道有這樣一個人 ~~[illegible]~~ OAO 喔。
我在的地方是一個沒有門的空間，我沒有辦法出去
我也不知道為什麼會被困住、我醒來就在這裡了。
你是一天才有空回我一次嗎？為什麼都這麼久？

這樣我沒辦法幫你耶。有什麼可分辨的特徵嗎？ ←

我一看到你的留言就回了。
我也是要上班的。
你不也回得很慢？
上次就等了12小時。

我回在隔壁頁 →

2

我在的地方大概長這樣：

有一張桌子，還有一隻筆和一本筆記本。

外牆摸起來的感覺是木頭，空間裡暗暗的，

所以每一次回都隔了12小時嗎？　　只有一點光

那到今天已經過了 4×12 的時間了嗎？　　也沒有每次都那麼久啦。但常常都更長。

我就算想要回答你發生什麼事

想不起來啊

我好像失憶了。

我明白了。如果我再遇到夢裡那個人，再幫你問問看好了。

總之先冷靜下來吧。

雖然只能透過筆記本，需要我幫什麼給你嗎？

夢裡的人？你為什麼一直提到他？他知道發生了什麼事嗎？

這個筆記本是夢裡那個人給我的。

我也不清楚他知不知道

每次他都很快就走了

我好一點了，謝謝你。　　不知什麼時候才會再來。

我希望能吃東西（苦笑）不過應該很困難吧。

如果不行的話，告訴我最近外面發生了什麼事情。

又發生了隨機殺人案，在吵廢死不廢死，

也在討論精神病患管制的問題

現在警察已經可以直接強制抓人了，

好像今天已經在政大抓了一個人，

我沒有詳細看，不太清楚內情。

夢裡那個人要我把筆記本放到「水果座」去，

說會有更多人幫你。我也不確定究竟是怎麼回事，

總之我就放在水果座了。

四月一日這天，大部分玩家都在聲援書中人，但有兩則留言特別值得一提——他們展現出遊戲玩家的優良特質。

玩家「折衷」做了三項嘗試：第一，他在紙上鑿出兩個洞，在上面綁了橡皮筋，測試筆記本是否能傳遞紙張以外的東西；第二，他畫了三個圖案，測試筆記本是否只能傳遞文字；第三，他寫了字又擦掉，並寫上新的一行字，測試筆記本是否只會顯示最新的版本。隔天，書中人證明可以看到圖案，看不到擦掉的文字，只能看到最新一行，只有橡皮筋，他雖然看到，卻不是立體的，似乎傳送筆記本以外的東西時，那東西會變得扁平。

另一位玩家「紅椰」則提議「如果你把筆記本撕下小角，在上面寫的訊息，我們能看見嗎？」，隔天，書中人說他照辦了，並在上面寫「生日快樂」，卻沒有反映在永樂座的筆記本上。看來離開筆記本後，紙張便失去了傳遞訊息的效果。

5.

在那之後，我又去了兩次。四月二日晚上，我打電話給頂頭上司。

「我還是不瞭解為何要監督這場遊戲，你們是不是有什麼事瞞著我？」我不無埋怨。雖然這場遊戲不是沒有可疑之處，但目前看來，也不到需要認真對待的地步。我相信他們做出「需要監督」的判斷，一定是建立在我不知道的端倪上。

「只是防患未然。你也不希望溫羅汀的事再生變數吧？這裡發生的大小事情，都值得觀察。」電話彼端說。這倒是沒錯，前陣子我們也是遇上種種麻煩，唉，要處理那些事，可稱不上愉快。

但我沒有完全被說服。

「不只如此吧？既然我被指定要監督這場遊戲，不是知道越多越好？」

「……你沒必要知道。你真的需要知道的事，我們自然會說。比起這個，何不先報告你的觀察結果？」真可恨的態度。就是這樣，我才討厭秘密主義者！我嘆了口氣：「其實沒什麼值得注意的，就只是普通的闖關遊戲。」

我大致說了**kokopelli**的故事和筆記本內容。從粉絲頁到**kokopelli**，從**kokopelli**到永樂座，都是從一個地點到其他地點。今天早上，書中人又留了一段話：

這一段時間（我睡醒後）又有一些回憶片段浮現出來，雖然它們對我來說好像是體內的異物（有人趁我睡著時做了什麼嗎）但我還是決定把它們記錄下來。

一、有一個長這樣的地方。綠色的、上面有斑點、旁邊有路，還有電話亭。

二、有一扇木門，還有木窗，木門打開進去可以看到很多陶器。它們被放在一大堆木箱上面。

木箱上印有圖案和文字↓里山倡議。門的外面好像掛了紅色的小旗子。

三、充滿彩虹的一個地方。彩色的光照進室內，很漂亮。鄰著外面有大片的透明玻璃，在裡面喝茶可以看到外面的行人。裡面也有很多彩虹，包括小飾品們。

有一區吊著很多襯衫和外套，裡面還有書跟DVD。

四、印象主要是「很高」

在大馬路的小巷子拐進去，可以看到一個大的立牌

在立牌前轉進去搭電梯就可以到（6F）

入口旁邊是樓梯，好像貼了很多張黃色的海報。

有聽到音樂。

這段時間(我睡醒後)又有一些回憶片段浮現出來。雖然它們對我來說好像是體內的異物(有人趁我睡著時做了什麼嗎)但我還是決定把它們記錄下來。

那是四個地方的畫面。(我不確定它們對我的先後、先隨便編號。)

(抱歉可能描述得很零碎

一、有一個長這樣的地方。綠色的、上面有斑點、旁邊有路。還有電話亭。

二、有一扇木門。還有木窗。木門打開進去可以看到很多陶器、它們被放在一大堆木箱上面。木箱上印有圖案和文字→黑心偶誌 門的外面好像掛了紅色的小旗子。

三、充滿彩虹的一個地方。彩色的光照進室內、很漂亮。鄰著外面有大片的透明玻璃在裡面喝茶可以看到外面的行人。裡面也有很多彩虹、包括小飾品們。有一區吊著很多襯衫和外套、裡面還有書跟DVD。

四、印象主要是「很高」在大馬路的小巷子拐進去、可以看到一個大的立牌在立牌前轉進去搭電梯就可以到了(6F)入口旁邊還是樓梯好像貼了很多張黃色的海報。有聽到音樂。

所以我們要去找出你說的這些地方嗎?

這段「回憶」，顯然是引導玩家到這四個地方去，真是樸素的設計。

「你知道是哪四個地方嗎？」電話彼端問。

「我認出一個。」我說：「其他三個太含糊了。線索這麼少，誰找得到啊？我想玩家應該也要過個三到五天才找得到吧。我打算明晚再去看。」

雖然如此，她用了「異物」這樣的說法，令我頗為在意。真怪，為何她不承認那是自己的記憶，卻說是「異物」？難道這裡頭有著不得不如此的設定……？

我用女部的「她」，是因為昨天早上書中人的留言：

既然你們很多都留下了暱稱，我也要有一個比方便你們稱呼我（否則一直叫我綠色筆跡怪怪的）

但因為我還沒想起自己的名字，所以只能自己取一個

可以叫我維吉尼亞（吳爾芙的那個維吉尼亞）

吳爾芙的維吉尼亞？在網路上查了查，才知是位女性主義者。既然在意女性主義，又以女性名字稱呼自己，那應該是女人吧？所以我便用「她」來稱呼了。不過，她還提到一些讓我在意的事——

還有另一件我回想起來的事情。

那就是在進來這個空間以前，我好像就有即將遭遇危險的預感。

這預感應該是來自於我覺得自己可能被人盯上了。如今我的遭遇可以說是印證了當時的預感吧。

所以雖然我非常希望你們可以拯救我，但我同時也必須盡責地提醒你們：

參與這件事並非沒有危險。

又是危險。

這個危險，就是遊戲主辦人說的「溫羅汀的危機」？若是如此，還真是微不足道。奇怪的是，救出維吉尼亞明明是這場遊戲的主題，她卻警告有危險，要是有玩家當真了，豈不是被勸退？這樣矛盾的行徑令我不解。我問頂頭上司：「書中人在筆記本上提到她被盯上了，有危險，你們是因為看到『危險』才要我監督這場遊戲嗎？」

「我們還不至於把虛構的危險當真。」

說的也是。我鬆了口氣，卻沒完全放心：「那不然原因是什麼？」

電話彼端沒有直接回答，反而換了個話題：「你這幾天去調查一下四個地點，如果都沒什麼讓人在意的，就可以放心了。這工作就到此為止。」

「就這樣？遊戲才開始兩天耶，說不定幾天後我就把四個地點都找到了。」

「所以？要是沒可疑之處，何必把力氣放在這上面。還是說，你有什麼該報告的事沒報告？」

「當然沒有。」

「那就好。別太沉迷於娛樂，記得，我們有更重要的事。」

「好啦。」我在心裡嘆了口氣，中斷通話。討厭死了，真不喜歡聽他們訓話。

但有件事，他們沒說錯。我確實有某件事沒有報告。

倒不是不懷好意，而是這件事，我至今還沒想明白。要是貿然報告，對方問「那你對此有何看法」，我卻說不出所以然，豈不是被當成笨蛋？我可不想這樣。但這遊戲有個極為詭異之處，令我放不下心——

那就是，難以理解的角色行動。

6.

據我所知，遊戲都有明確的目的。像俄羅斯方塊，就是要消除方塊、避免堆滿。我也玩過一些線上解謎遊戲，所有線索都有其功能，沒有任何多餘。但這場遊戲的NPC（非玩家角色）卻莫名其妙。一開始讓我困惑的，是昨天張宛晴的留言——我本來以為她不會登場了，畢竟，這個NPC的功能就只是將筆記本拿到永樂座。

今天我去了Kokopelli，原本是想試著聯繫夢中那個人的，結果發現了擺在店內的冊子，

> 裡面的內容雖然並非全然真實（比如說我的姓名），但依然洩露了我的部分隱私。我不知道這是誰未經我的同意這麼做，還擺了三本出來。如果這只是個惡劣的愚人節玩笑，請你（或你們）立即停止！也請看到那些內容的人不要再散播我的隱私。

我有些意外，張宛晴（在筆記本中署名Sunny）不過是遊戲劇情中的角色，Kokopelli小冊子的內容，是遊戲必要的資訊，為何她要抗議遊戲設計？這不只是對「拯救書中人」這個遊戲目的毫無幫助，甚至可能有負面效果；像她本來還算樂意幫助維吉尼亞，但發現自己隱私曝光後，她態度立刻冷淡下來，在筆記本上對維吉尼亞說：「抱歉連假前加班太晚，無法前來跟進度，但我想你也不需要我的幫助了」、「希望你不是什麼愚人節玩笑的共犯」、「我想我暫時不會再出現在這裡了」之類的，維吉尼亞看到後也被嚇到，連忙說：「我相信第一個回應我的你，一定和救我出去的線索有關。」

作為遊戲第二天的進展，怎麼看都不像能鼓舞玩家拯救維吉尼亞啊！事實上，她的抗議確實引發了一些玩家騷動，像「水藍」就向她道歉：

> 雖然你可能看不到這些了。但我還是想為侵犯你的隱私道歉。……不過，我想我必須告訴你，我們這些人都是被一場遊戲的主辦方聚集的。名稱叫做『城市邊陲的遁逃者』。你或許該試著聯絡他們在FB的活動專頁，或許他們知道什麼。

這番抗議甚至逼玩家說出「這是遊戲」了。雖然揭穿遊戲並無不可，但水藍卻是為了一個虛構的角色這麼做，這……不是有些本末倒置嗎？後來維吉尼亞說對遊戲的事一無所知，更讓這齣鬧劇意義不明。有位用「Dear All」開頭的未署名玩家問出我心中的疑惑：

如果Sunny對Kokopelli的小冊子一無所知，那這場遊戲到底是什麼？

是啊，這場遊戲中的NPC，為何不配合遊戲本身？

其實不只Sunny的抗議讓我不解，維吉尼亞也是。除了警告玩家有危險外，一開始她跟Sunny筆談時，還問Sunny最近外面發生了什麼事，Sunny便提到前幾天的事。在內湖，有名四歲的小女孩「小燈泡」被兇手以殘忍的方式殺害，廢死與反廢死因此吵成一團。我本以為這段閒聊會被隨便帶過，畢竟跟劇情無關，誰知維吉尼亞竟回了頗長一段文字。

其實關於隨機殺人案的事，我滿在意的。

可以理解在這時刻，大家一定會吵著要處死兇手。即便我沒有管道了解外面發生了什麼，但我想一定是這樣的。真是令人傷心，為什麼大家不願意多理解他一些呢？他的心中一定有很多洞吧，所以才選擇了這樣的方式來報復社會。錯的不只是他一個人，還有我們這個排除異己的社會啊。

現在一定又在用標籤獵巫了吧，那些少數族群特別容易在現在成為犧牲者，但是「和別人不一樣」這件事，本身難道是可疑的、容易危害他人的嗎？我們每個人，難道就沒有一些「和別人不一樣」的、難以被接納的部分嗎？

我多希望這是一個讓所有非主流社群（性別上的非主流、精神行為上的非主流、族群文化的非主流）都能被包容的社會。我不要有任何人因為「很可疑」而被抓。

讓我意外的是，這段話其中兩行，有暈開的水漬痕跡。維吉尼亞曾說她所處的空間沒有水源，那，難道是淚痕……？完全無法理解。而且懷抱著那樣強烈的同情，竟不是對受害者，而是犯人？

同情犯人很危險吧？況且她對隨機殺人案的認識，不過來源於Sunny的短短幾句話。光是如此便妄下論斷，未免輕率，也對不起痛失愛女的小燈泡家屬。但不論這些，為何她要對這些不重要的事侃侃而談？這對遊戲到底有何意義……？

其實，我不安地意識到，這些疑點是能得到合理解釋的。

以Sunny的憤怒為例，只要這不是遊戲，她的隱私真的被洩露，那當然會生氣。維吉尼亞也是，她就只是單純對聽說的事表達感慨。若這不是「遊戲」，而是「現實」，那便不奇怪了。但這若是現實，就等於要承認某人被關到一個奇怪的超空間，還透過神奇的筆記本跟外面交流，那也太莫名其妙！

不敢相信，我竟有些動搖——這些當然不能跟上司說！尤其這種詭異的預感其來有自：今天，維吉尼亞提供了她的自畫像，我一看便聯想到某個人……

不，不可能。

維吉尼亞只是遊戲角色，是虛構的，頂多，就是遊戲主辦人在遊戲中借用了「她」的形象……雖然若真是如此，也太巧了。當然，氣質、造型雷同的人，世上多得是，這自畫像算不得什麼，沒什麼好奇怪。我應該這樣想才對。

但——為了保險起見，今天離開永樂座前，我在筆記本裡寫了幾個字。這些字有沒有用，應該馬上就知道了。

闔上筆記本，封面的樹猛然躍入眼中，我又想到「她」。

維吉尼亞不可能是「她」。

但如果這場遊戲真的借用了「她」的形象——我微微顫抖。現在胸中這份感情，不知道是憤怒還是恐懼。如果不是巧合、不是偶然，那難怪這場遊戲需要「監督」了；不，不只是「監督」，因為利用「她」的形象也太過份了。

畢竟「她」**已經死了**。沒人比我更清楚。

因為你們問起，所以我試著畫出自己的樣子：

（但因為沒有鏡子，所以看不到的地方我是用摸的來辨識

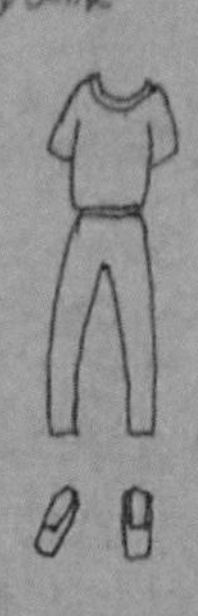

石南瓜：

真是奇怪，我上次回時還沒發現這段文字，

不好意思我現在補回。

身高體重和具體歲數我都回想不起來，但是依皮膚老化

程度來看，我猜我是年輕的

我雖然想吃東西，但很久沒進食好像也沒什麼影響，

就是嘴饞吧 XD

我想吃甜甜圈、蛋糕（巧克力蛋糕、乳酪蛋糕、草莓蛋糕、

抹茶蛋糕）派、餅乾、法國麵包、

← 季節過了嗎

洋芋片!! 薯條!!

漢堡!!

啊再寫下去就餓了呢。

想喝珍珠奶茶和水果牛奶

不過我不確定它們會不會是提示耶（知道我想吃什麼

← 那麼個人

可以救我出去嗎

7.

隔天四月三日，本來我打算去維吉尼亞提示的地點——我唯一看出來的那個——但在溫州街上，我臨時改變主意，轉個彎走進永樂座，從頭翻起筆記本。同樣的內容，短短一天之內，又追加了其他的玩家互動。大部分沒有意義，但有一段對話令我備感困惑。

在維吉尼亞第一次與玩家互動的留言左側，她在一大片空白中用綠筆寫下了：

???　Yes.

有意思。

綠字作者，

你看得到我的字嗎？

S.S

???

Yes.

謝謝.

這對我們有幫助。

S.S. 你是誰？

Who are you?

很明顯是在回應誰的一句話，卻沒看到她所回應的問題。倒是在維吉尼亞下頭，有人留言問：「S.S.，你是誰？」

這兩句話搭不起來。

S.S.，筆記本上沒出現過這個署名。這頁或許沒有意義……也可能有，只是我還不知道？

S.S到底是什麼人？

算了，比起這種小事，不如看看今天的玩家進度。不知道有沒有人像我一樣，發現那個地方了？我隨手往後翻了幾頁……

咦？

等一下。

我越翻越快，迅速掃過這幾頁，這是怎麼回事？維吉尼亞提及異物般的四段回憶，不過是昨天的事，怎麼才過了一天就全部找到了！地點全在溫羅汀，那些模糊的描寫，是怎麼這麼快就找到的？「玩家」是這麼可怕的生物嗎？

有位署名黑筆的玩家說：

> 經過調查，我已經確定四個地點在哪裡了。但是為了怕大家遭遇危險，所以我把答案寫在背面，如果，你們沒有勇氣面對可能的危險，就不要輕易往下看。

他在旁邊畫了一個箭頭，下面寫「對了，我曾幹過一陣子偵探，希望我能幫上你」。這段話旁邊另一個字跡寫「我聽你在 Bullshit XDDDD」。這人到底在說什麼？竟自稱偵探，臺灣有這種職業嗎？

> 這邊的黑筆，就是後面出現的主要玩家之一：X.Y.。而旁邊吐嘈他的是玩家子月，也是這場遊戲中的活躍玩家。

不過黑筆在後面只寫了第三個地點，沒寫別的。我快速翻了前後的留言，另一位玩家安西說他有找到第一個地點，並向維吉尼亞提問：

你有印象台大生虐貓事件嗎？貓的名字叫大橘子。你聽過王嫻如的名字嗎？

看見這段話，我就知道他真的到過第一個地點了。真讓人震驚到說不出話，我幾乎就要懊悔昨天怎麼沒有直接去第一個地點。我看了現在時間，再翻閱筆記本，現在時間晚了，第一個地點不急，但其他三個地點，我要趕在它們打烊前去；真是謝謝這麼多玩家提供線索，要是讓我一個一個找，可不知會花多少時間。

下定決心後，我立刻離開永樂座，朝第四個地點跑去。那裡到底有什麼？玩家到底看到了什麼？看著玩家們的留言——他們提到某些關鍵字——我心中升起不好的預感。

8.

To 維吉尼亞，

我們找到的第四個地點，是公館阿帕，音樂人練團之處。根據店員表示，之前有位「點點Chance」的吉他手失蹤，他平日會在寶藏巖擔任解說，喜歡在「豆雲」吃豆花。不曉得你對這一切是否有印象？說不定你認識「他」（或「她」）又或許這就是你的身份？

這是蔚藍&小部的留言，我也不知道他們是怎麼從這麼少的敘述找到「公館阿帕」的，但仔細思考，或許沒這麼難。維吉尼亞給的第一個線索是「很高」，而溫羅汀一帶矮房子多，高樓有限；位在大馬路旁、不屬於住宅的大樓更少。雖這麼說，即使我直接google了公館阿帕，也還是差點迷失方向。羅斯福路有很多條垂直的小巷子，幾乎每一條都一模一樣，我探頭又低頭比對手機好幾次，才終於在兩家NET之間看到寫著「公館阿帕」的綠色牌子。謝天謝地。

我首先來找它，是因為Google說它營業到凌晨，現在當然沒有晚到這麼誇張，但至少它一定有營業。我走進窄門，公館阿帕在六樓，要搭電梯才能抵達，作為第一次造訪的陌生旅客，我連按樓層鍵都會感到些許不自在。電梯門一開，耳邊便傳來一陣陣鼓聲。室內燈光微暗，有種永夜之感。每扇房間門後，都有彈奏樂器的人影，我覺得自己好像不小心誤入了什麼地方。

櫃檯上擺了三本小冊子——不知為何，我稍微鬆了口氣。原來如此，就像Kokopelli一樣，遊戲只是引導玩家來看故事而已。我也不知這時自己是怎麼想的，竟覺得這種沒有創意的爛招毫無殺傷力，直到看了小冊子的內容，我才意識到自己的天真。

阿帕音樂工作室

練團室裡，歌聲與吉他伴奏像爆炸的衝擊波，像火燃燒，像要將自己燒盡，像是你。這些力量全都是你。你覺得自己被燃燒殆盡。

在這狹小封閉又自由的空間，你產生彷彿被撕裂的鼓動，因為整首曲子都與你共鳴。你不是主唱，但他唱著你的心聲，你在作詞作曲時將自己全部投進去，隨著歌聲燃燒。你的汗水隱藏著淚水，這種隱藏是源於羞恥，一種相悖的欲望，求生本能與求死本能的擦撞，使你逃避，並更加投入音樂。

練習結束了。

練習總會結束。

「真是好曲子。I am not a monster，I am not a monster……」貝斯手說，哼著某段旋律。你靦腆地笑，心裡得意。但你沒多說，沒任何解釋。你不冷淡，但你習慣適當的緘默。

你是「圓點Chance樂團」的吉他手。演奏的木吉他，是你花了不少錢買的高級品。這個有些好笑的樂團名稱其來有自，本來你們叫「Chance」，但又覺得太平凡，要有個人特色才行，這時鼓手隨口說「不然我們都穿點點衣，把點點當成我們的特色吧。」

「幹，不要啦，點點超娘砲的耶！」貝斯手笑著拍鼓手。你頓了一下，緘默。主唱想了想：「不會啊，也可以穿得好看，不過身材要好才行。」

這事本來不了了之，但後來主唱居然逼大家健身，真的穿起點點裝當特色，團名也變成「圓點 Chance」。這在你意料之外，但你喜歡這樣的發展。

「等下要一起吃飯嗎？」鼓手說：「我超餓耶，都兩點了。」

「我 PASS 吧。」你把吉他放進盒中：「三點我在寶藏巖要帶導覽，沒時間。我隨便吃吃就好。」

「你超忙的耶！」

你爽朗地笑，沒有解釋。

＊

你曾想過自己某些特質是否有其意義。

這問題就像「生命有何意義」，或許本身就是愚蠢的。為何人總是追尋意義？但無法否認，意義帶來信念，信念帶來價值，這與「活著」是息息相關的。生存無法擺脫意義。

像是，你從小就在想，自己擁有陰陽眼到底有沒有意義。你能看到許多東西，不只是一般俗稱的鬼，你也看得見神明，看得見非神非鬼，無以名狀的東西。能看到別人看不到的東西讓你不同，你因此學會適當地緘默。這是一件只讓你學會緘默的東西嗎？這就是它的意義？但不是的，因為你長大後便發現，你有許多需要緘默的特質。真不幸，在「我是誰」、「我屬於哪裡」這個問題上，你幾乎裡裡外外都被翻過了一遍。

或許沒有哪個團體能接受整個你。無論在哪，你都會有一個角格格不入。當然，那也許是全人類的宿命，但你知道，發生在你與身處環境間的事，無論如何都不能笑笑帶過。不能。

那些稜角有意義嗎？為何人身上會出現毫無意義的東西，像是闌尾或小姆指？那是能找到意義的嗎？

但現在你覺得，至少陰陽眼是有意義的。

能看到凡人所不能見之物，是有意義的。或非如此，你不會在兩年前注意到那種非神非鬼的黑氣；你也不會見到知曉怎麼對抗那種力量的鬼魂；你不會向寶藏巖的觀音求教；你不會提起勇氣，將責任擔到自己身上。雖然這是在緘默中顫抖著的孤寂之旅，但你感到某種「幸福」。

那是找到意義帶來的快樂，這才是生命的價值。

＊

「It is so far away,But I don't care.I am not a monster——」你在豆雲幸福豆花裡吃豆花，腦中播放自己作的曲。你拿著歌詞，視線移動，在迎入副歌前停頓，彷彿那是個讓人忘去呼吸的段落。你總是如此。因為你猶豫著到底要不要刪掉這句。這句乍看來沒什麼，卻藏著對你來說頗為隱私的事，你猶豫、掙扎。

但為何你要寫入歌詞？

也許這就是求生與求死欲望的糾葛。你在自我毀滅裡尋求希望，同時又不抱希望。你很清楚，即使樂團已經練習這首歌好幾次，團員們仍是不懂。所以這句是否刪去根本沒差——不，這句本身就毫無意義，是多餘的，最初就沒有寫的價值。你面無表情地撕掉歌詞，將那句歌詞後面的事物徹底摧毀。這不會影響任何事，團員早就很熟悉這首歌了，這只對你有意義，即使那是沒有意義的意義。

「謝謝老闆。」你將歌詞前半段收到胸前口袋，背起吉他盒。時間已晚，你卻正要履行「知情者的義務」，踏上幾乎無人知曉的英雄之旅。但當你朝著羅斯福路的方向，你忽然感到不對勁。

那是毫無根據的直覺，但你信任直覺。你轉過頭，身體忽然僵住。

你看到一個身影。

你知道此人，在你履行「義務」時，你曾跟蹤過對方，並拍下照片。你知道對方沒察覺到你，而且你一直不確定對方是否真的有嫌疑，事情至今已過了一個月，你仍安然無恙，讓你相信自己應該是安全的——畢竟要出事的話，早該出事了。

但現在此人卻現身眼前，並對上你的眼神。你從對方的眼神得知，對方是有備而來，馬上就會採取行動，雖然你無法想像那會是什麼，這條路上還有很多人啊！

你立刻轉身。

逃得走嗎？你顧念著自己。但忽然間，你想起自己的「義務」，猛然超越個人生死。你忽然想到，要是你遭遇危險，很可能會永遠失去那個東西——從鬼魂那裡得到的寶物——那會落到對方手上！那不正是對方想做的？將這種東西永遠消滅於世……

不能讓事情變成那樣。

「轉移！」你在心裡朝那東西下了命令。轉移到什麼上？你沒太多選擇，只能立刻轉移到舉目所及之物。最好的情況，是你逃過一劫，之後再來取回，繼續你的義務。但事實上，你沒有時間想這麼多。

因為你消失了。

你的吉他盒、你的感官、你的自我、你的意義……全都消失了，遁入虛無。其實你不知道這些，因為你感覺不到、你無法思考。但某些屬於你的東西留了下來，勉強維持這段文字。

風吹過。

你寫的半截歌詞飛到牆上，「啪」的一聲貼在那裡。那也許是你留在世上唯一的證據。上面有著你躲躲藏藏的字跡，卻又像某種激烈的自白。

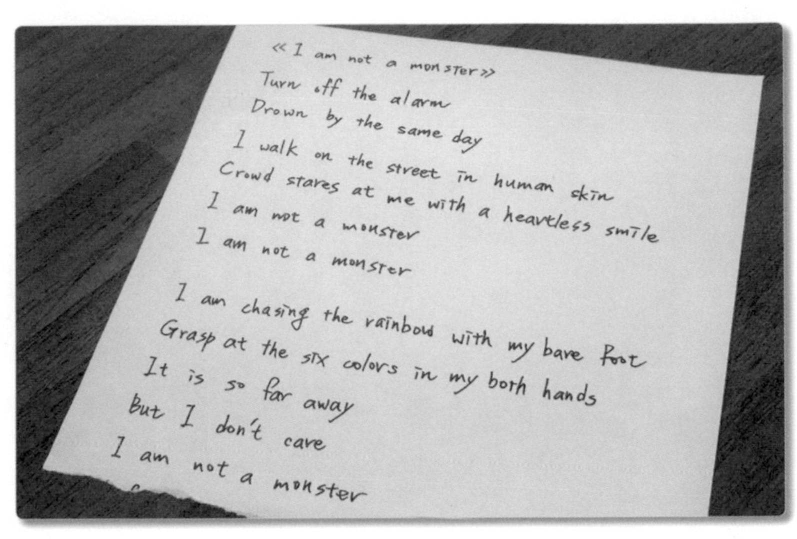

安西和安西的朋友，他們找到地點的順序和小部、蔚藍不同。他們先到了 h*Ours，在那裡詢問 h*Ours 老闆：「有沒有藝文類型的地點，在公館附近，位在六樓的？」老闆說：「在公館、六樓，還要有開放的空間？應該就是台電大樓對面的華興補習班樓上吧？」

於是他們就走進了羅斯福路上的佛化人生。安西的朋友後來說：「我們說不出口問遊戲的事。因為一去就知道不是。那裡實在太像異次元了。」

但他們仍鼓起勇氣，發現對方果然不知道城市邊陲的遁逃者，於是他們就馬上搭電梯逃下樓了。

然而華興補習班其實在佛化人生的隔兩棟的大樓。不知道他們怎麼會進去佛化人生的。

9.

小冊子裡附了一頁歌詞，下面半截被撕走，顯然就是故事中吉他手所寫的曲子。

這是什麼？

我不該動搖的。就像永樂座的筆記本，故事與現實重疊，只不過是遊戲設計，是偽裝成真實的虛構，但我內心受到了極大衝擊，就像有人拿什麼東西重重敲了我的頭。這不可能，不應該發生，但事實擺在眼前！我拿著小冊子的手在發抖，一股惡寒從腳底升起。

這不是虛構的。

寫這個小冊子的人知道「那件事」。這裡面寫的故事，是真的！我感到一陣天旋地轉，這是建立在真實事件上的遊戲！但……遊戲主辦人是怎麼知道的？他寫得這麼詳細，簡直如在現場！他真的目睹了這個事件？

我心亂如麻，一時甚至難以思考；怎麼會這樣？我完全沒想過這荒謬透頂的遊戲竟與那件事有關。這遊戲到底是怎麼回事！主辦人是怎麼知道那些事的？而且，他又想透過這些遊戲做什——

忽然，我毛骨悚然，全身雞皮疙瘩豎了起來。

我意識到一件可怕的事。

現在，這場遊戲的玩家都對背後發生的真實事件一無所知。

他們完全不知道自己被遊戲主辦人操弄了，以為這是「虛擬」的，連危險也是——但並非如此！遊戲主辦人正打算將玩家捲入他們一無所知的危險中！

我想到 Sunny。她是真有其人嗎？那維吉尼亞呢？她是實際存在的，或只是遊戲主辦人操縱的虛擬人物？她說自己曾遇上危險，那位玩家黑筆也說過危險。他們說的危險就是我知道的那個危險？看看小冊子上的內容，要說兩者完全無關，未免說不過去。

那是真正的危險。

——該警告玩家嗎？

警告他們說，別玩這場遊戲了，很危險？

只能這樣了。我丟下小冊子，走出公館阿帕，按電梯下樓，打算回永樂座，但走出電梯時，我忽然停下腳步。因為我想通了某件事，非常可怕的事。

「警告」玩家是沒有用的。

想像一下好了，如果我在筆記本上警告大家「別玩這場遊戲了，這些都是真的，很危險」，玩家們會怎麼想？維吉尼亞也說過危險，這有阻止他們嗎？沒有，因為他們以為是遊戲。現在能知道不是遊戲的，只有當事人，就像 Sunny。而當事人是無法向其他玩家證明這點的。

譬如說，真實存在的 Sunny 為自己的隱私曝光生氣，看在玩家眼裡又是如何？雖然怪，但頂多就是個性鮮明的虛構角色吧？今天就算我在筆記本上用力警告，玩家也只會將我當成另一個虛擬角色，一個 NPC。

……何等卑鄙狡詐、陰險惡毒的做法！這就是主辦人將整件事偽裝成遊戲的原因？就算知情者控訴真相，也會被當成虛言妄語；我明知這就是主辦人的陰謀，也拿他沒辦法。

不。

未必真的毫無辦法。

我深呼吸一口氣，整理心情。雖然發現遊戲的真相，算大有進展，但事實上，我還是不知道主辦人真正的目的。要知道這點，恐怕只能從遊戲接下來的走向得知端倪。所謂的「拯救書中人」，一定沒有表面上這麼單純。

這還只是四個地點之一。其他地點到底藏著什麼訊息？另外三個地點，一個似乎已打烊，另一個還有爭議，只剩下第一個地點沒有營業時間的問題。我走出窄門，朝溫州街走去。

10.

我之所以確定玩家已經去過第一個地點，是因為安西提到了「大橘子」。

大橘子是常出現在溫州街的流浪貓，之前被某個臺大生虐待至死。牠過世後，師大的法籍老師王嫻如很積極的為大橘子發聲，呼籲大家重視動物權益。先前我讀到報導裡她說的一句話：「可見臺灣的社會需要檢討，人心實在太冷漠。」對此我深感認同，但也有些不安。

有段期間，為了憑弔大橘子，有心人便在牠遇害之處附近的崗亭放了大橘子的照片，以及給牠的小卡、花束。在崗亭與電話亭裡，都是大橘子令人憐愛的身影。那個崗亭——現在已被漆成綠色、有如裝置藝術般的崗亭——無疑就是維吉尼亞提出的第一個地點。

夜已深，崗亭在街燈下冷冷清清。當時紀念會場的盛況，已不復見，紀念大橘子的照片已被清空，像是不曾有過這件事。

人類總是擅長遺忘。

就算當時多麼憤慨，他們最終都會遺忘。遺忘被虐待致死的無辜動物，遺忘對殘忍兇手的譴責。如今的崗亭裡……

只放了幾本小冊子。就在公館阿帕一樣。

我將小冊子拿起來翻閱。

崗亭

「對不起。」

女子對著崗亭低語。

這座崗亭位於溫州街上。過去雖是崗亭，但隨著鑰匙遺失，不知不覺間失去了作用，最近因為某個公共藝術活動，將崗亭重新上色，才變成美麗的街道景觀。崗亭中，除了一些設計時留下的資料，還放了幾張照片。

那是在溫州街頗有人氣的橘貓照片，女子也很喜歡那隻貓，每次經過溫州街都跟牠玩，但橘貓卻在去年年底被殺了，被人殘忍地掐死，惡毒，毫無人性，自我中心。女子無論如何都無法知道，橘貓的死跟她到底有沒有關。當然，她不是兇手，兇手已經抓到了，但考慮到自己這段期間的所做所為，這一切說不定有著不可見的連繫，關係比蝴蝶效應還要強一些。

所以，女子向橘貓道歉。

女子並非鶴立雞群的人物，但她染了一頭深紅色的頭髮，其中挑染一撮豔綠，加上帽子上的南瓜裝飾，使她變得醒目（畢竟現在離萬聖節太遠了）。這樣的裝扮，即使溫羅汀人潮流量之大，恐怕也找不到第二個人，雖然她不是刻意讓自己醒目。

女子為橘貓的死哀傷。不只是她，許多人都如此，他們都來哀悼橘貓，這就是崗亭裡擺著橘貓照片的原因。這一刻，女子與他們是有共感的。

但她有些矛盾。一方面，她知道橘貓的死可能與她有因果關聯，但另一方面，她不打算停止。在她的心中，與貓玩耍的小確幸與人類的生死宿命是可以不相關的。即使兩者有著擦身而過的事實，她依然「感覺」不相關。

這正是幸福之源。她相信幸福只是一念之差。但她有選擇權，才是她幸福的真正原因，只是她選擇視而不見，以帶來更大的幸福。因此，她對橘貓的哀悼是真誠的，在許多人眼中，她也是好人。不是完人，但夠善良了。她深知如此。

「一個人有一種幸福，晴天漫步雨天跳舞，兩顆心世界不孤獨，最甜蜜的……」手機鈴聲響起。

她拿起手機，看見一串不該存在的號碼，這隻號碼與臺灣的手機號碼型式不合，但她不意外，接起電話。

「喂？」

「如你所說，我們調查過，確實受到了干擾。」對方劈頭就說，卻不讓人感到失禮；不，與其說不失禮，不如說在感到被冒犯前，先感到了其他東西，像是這聲音如此空洞、單調、缺乏溫度與人性……

據說像人卻不是人的東西格外令人恐怖，這聲音就是如此。

「我想也是，畢竟事實明擺在眼前。」女子無動於衷。

「也無法否定你沒有好好辦事的可能。」

「談這個沒有意義。」女子厭煩地說，或是說有些心不在焉。她開始觀看崗亭中的其他擺設，隨口問：「所以呢？有什麼對策了嗎？」

「有的。事實上，我們已經知道是誰在干擾我們了。」

「這麼有效率。那下一步是？」

「你知道怎麼做。總之，我們把目標的照片放在『我的德國電子加速器』——」

「等等，什麼？」

「老地方。你猜不到嗎？」

女子想了一會兒，忽然恍然大悟。她啞口無言，因為這甚至連字謎都算不上，只是冷笑話而已。聽她沒說話，手機對面的聲音說：「沒猜到嗎？答案是——」

「不。不用了。」女子說：「我只是沒想到你們居然有幽默感。」

「只是用以消除我們的無聊與煩悶。」

「我實在很想抱怨，為何你們總是透過既有的場所傳遞資訊？如果有個私密、安全的場所的話——」

「你是說讓我們留下具體的痕跡？你還不夠瞭解我們，我們是無法具體的。現在你聽到的聲音，也只是我們模擬的電子訊號。而且即使我們辦得到，我們也不想，因為私密對我們來說毫無意義，我們的意義來自公眾。」

「也許吧。」女子不是很在意他們的理由：「只是我覺得有些麻煩。」

「很快你就不會這麼覺得了。等我們夠親近，你就不會這麼覺得了。」那不像人的聲音彷彿笑了，這是女子在這場對話中第一次感到毛骨悚然。但她知道對方沒有惡意。這甚至不是威脅，只是單純傳達他們的認知。

她轉移話題。

「好吧，總之，同樣放在洗手間吧？」

「是的。」

「交給我吧。如果有什麼情況，我會再跟你們說。」

「不要將事情鬧大。」聲音警告：「就像溫州路上橘貓被害的事。這件事本身沒什麼，但引起的效應不一定好。」他們的聲音依舊缺乏人性，卻觸動了女子心情。她火速看向崗亭，又別開視線。

「我知道了。沒其他事的話，就這樣吧。」

「再見。」

對方唐突地掛斷電話。女子將手機收好，伸手撫摸彩繪過的崗亭。我是好人。我是好人。我是好人。她在心中提醒自己。但什麼是好人呢？她沒有去定義，說到底，「自己是好人」只是一種感覺罷了。她對這種感覺有自信。

她離開溫州街時，心裡想著「接下來該做的事」，同時想著該去買些花和貓罐頭，用來憑弔橘貓。雖然對死去的貓來說毫無意義，但這是她的小確幸，讓她覺得自己做了什麼好事。這當然是好事，對吧？

她忽然想起武俠小說《笑傲江湖》，裡面有位「殺人名醫」平一指，堅持生死有命，每救一個人，就要殺一個人作為補償，當然，殺一個人，就也必須救一個人。

現在她有點瞭解那種心情了。

11.

我一看完，立刻將小冊子闔起，深呼吸幾口氣。

吸……呼……吸……呼……

很好，我記憶中的辭彙庫，居然找不到能形容我此刻心情的文字。人類語言的無能，我竟在這種情況下體會到了。

——是說，這主辦人到底知道多少事情啊！

他居然知道放在「我的德國電子加速器」的照片，那張照片不是已經消失了嗎？我還以為是老闆不知道那是什麼，把它給丟了。雖然說，那張照片就這樣大剌剌擺在那邊，根本稱不上秘密，但從小冊子看來，主辦人顯然知道背後的故事與脈絡。

除此之外，他到底還知道多少事？

念及於此，某個疑問已經強烈到難以忽略：遊戲主辦人已經知道這麼多了，為何不直接將這些公諸於事？雖然可以想像他為何要透過遊戲控制玩家，但一定有更有效的做法，為何他選擇以解救維吉尼亞為主軸？現在我已能自信地說，這場遊戲背後的內幕，一定是我接觸到的那件事，但即使是觸及此事內幕的我，也不明白遊戲主辦人為何要主張「拯救書中人就能拯救溫羅汀」。

這場遊戲的真正目的究竟為何？

把小冊子放回崗亭後，我已冷靜許多。雖然意識到遊戲背後惡意的瞬間，是有些措手不及，但急也沒用。現在連永樂座都打烊了，剩下兩個地點，也只能明天看。

這晚，我透過 Mac 反覆閱讀官方上傳到活動頁的筆記本照片，看到小部和蔚藍在筆記本上詢問維吉尼亞是不是吉他手本人——

吉他手先前曾寫過一首「I Am Not A Monster」，訴說披著人皮的主角，被人群冷漠微笑瞪著。他試圖追逐彩虹，雙手擁抱六種顏色……因為歌詞本身有許多隱喻，所以很難確定意思。但我猜測，你對隨機殺人案的兇手如此有感觸，兇手不被社會所接納的處境與歌詞如此相似，難不成我之前的假設方向是對的？你就是『圓點 Chance』的吉他手？

這是個好問題。雖然，我不認為維吉尼亞是吉他手。

就算遊戲建立在真實事件上，也不表示維吉尼亞真有其人，她也可能是遊戲主辦人假扮的。即使維吉尼亞真有其人，看來也是個女人。我知道吉他手是誰，知道他遇上什麼事，總之，他是男人，男人不可能是女人，女人不可能是男人，這是誰都明白的。

但維吉尼亞會怎麼回應？維吉尼亞……她跟吉他手有何關係？

我很好奇維吉尼亞的回答。但這天結束前，維吉尼亞都沒有回應。

小部讀過公館阿帕的故事之後，記得有一個失蹤的吉他手，一直很好奇他跟維吉尼亞是不是同一個人。但是維吉尼亞的描述又像是女性，因此大家開啟了討論，但沒人敢問維吉尼亞。那天等永樂座的人都走了之後，不想被人發現真實身份的某位玩家，拿出毛筆寫下「維吉尼亞真的是生理女性嗎」幾個大字。雖然他一度覺得不太對，但已經來不及改了。後來，這句話被富有正義感的 jedsid 在旁邊寫下：「我覺得這個問題很失禮。」

12.

隔天，我循著小部跟蔚藍留下的線索，來到第二個地點「春雷出張所」。它非常隱密，就像座落在溫州街區的某個謎團。在這簡直迷宮一般的巷弄中，我走了好幾回冤枉路，才在某條看起來根本不該有店家的巷弄中，發現有個立在地上的小黑板，寫著「春雷出張所」。終於找到了。

相較於窄小的木門，店內空間比想像中大。推開門，涼爽的空氣便撲面而來。店內桌上放著成排的餐具、工藝品，形形色色，令人目不暇給。

走到側邊，才能夠看清楚，原來放著陶器的桌子並不是桌子，而是層層疊疊的木箱子。

每一個木箱上，都印著「里山倡議」四個字。門外，「營業中」的紅色小旗微微擺動著。像是在說，這裡與維吉尼亞所描述的，一切相符。除了陶器以外，店內也可以見到先前造訪的玩家推薦過的鶴剪刀、熊和狐狸馬克杯等商品。

玩家們怎麼找到這根本不可能直接發現的地點呢？這回的關鍵字，有可能是維吉尼亞寫下的「里山倡議」。

查了這四個字，那是在一次聯合國大會中日本提出的構想，期望人類與自然能發展出永續的生活模式。而春雷出張所店內介紹台灣的「金山倡議」，這是一家支持友善農業的店家。

店裡也放置了三本小冊子，記錄著店長去年年底的經歷：

春雷出張所

春雷出張所位於小巷中。從旁邊看，幾乎不會看到這麼一間小巧精緻的店。饒富風情的木門窗，旁邊擺著小小的黑板，還有幾盆盆栽，在鋼筋水泥的都市裡就像穿越時空而來。

雖然乍看之下，春雷出張所賣的是日本小雜物，但這些雜物其實是生態工法基金會在跟日本友善農業團體交流時買回來的，友善農業的觀念才是春雷出張所的主軸，所以店裡也賣友善農業的產品。之前，生態工法基金會曾在金山的八煙聚落修復水圳，推動生態工法，與企業合作，頗有成效，春雷出張所則宣揚這些觀念。在這個不大卻溫馨的空間中，友善農業的精神以一種美麗的方式呈現，如果有客人來，可以坐在漂流木製成的椅子上，喝一口茶，聽店長介紹基金會的理念。

這是一個會讓人忘記時間的地方。

二零一五年十二月十七日，冬天的太陽早早便下山了，時間是晚上七點半，店長正準備要打烊。這時，她忽然聽到尖細的鳥鳴。那不像是城市裡任何一種鳥。出於好奇，她打開門，想看看是哪一種鳥，但眼前的景色卻在她意料之外。

她馬上便看見那隻鳥。

但鳥比她想像得大多了。她本來想，也許只是枝頭上，或偶然飛入人家陽台的小鳥，誰知巷弄尾端，鄰近六十八巷那一側，一隻鶴站在那裡，跟店長原本想像的「小鳥」比起來，立刻有種鶴立雞群的反差感。她忽然覺得「鶴立雞群」真有道理。

「謝謝。」

鶴旁站著一名男子，他穿著風衣，頭戴帽子。他似乎在向那隻鶴道謝，鶴也應了一聲。在城市裡看到這一幕，未免太過奇幻，店長一時竟說不出話。而且那隻鶴——她忍不住想——是她想的那隻嗎？不可能吧。接著男子轉過來，店長在街燈下看到他的臉，才發現他比她想像得年輕，要不是娃娃臉，就是高中生，或剛畢業不久。

「那個……你是誰？這隻鶴是怎麼回事？」店長忍不住開口。她一出聲，那隻鶴便展翅飛起，翅膀發出「啪答啪答」的聲音，嚇她一跳。轉瞬間，青年來到眼前。

「晚上好，抱歉驚擾你了。」他脫下帽子打招呼。他居然剪了齊瀏海，以男生來說真是少見。店長驚疑不定地點頭，但隨即想起那隻鶴的事：「那個，那隻鶴是怎麼回事？那該不會是——」

「啊，那是我的新朋友。不用擔心，牠不會久留，馬上便會回去了。」

「回去？」店長心動一念：「難道是回金山清水濕地？」

「是啊。」

店長幾乎要尖叫，果然如此！那隻鶴是金山小白鶴啊！在八煙聚落後，生態工法基金會也透過金山小白鶴推廣無毒農業。西伯利亞小白鶴是去年迷路飛到臺灣的白鶴，最後落腳金山的農田，為了保護牠，當地農人願意不施農藥，以免小白鶴中毒，這在友善農業中是一大事件，還是春雷出張所背後的生態工法基金會推動，店內也有小白鶴相關產品。店長當然知道金山小白鶴。

牠居然離開金山，飛到了這裡！而且這青年說小白鶴是他的新朋友，到底是怎麼回事？他腦筋有問題嗎？但不知為何，她直覺認為青年並沒有說謊。

「……你，到底是……？」

「我是已經差不多被遺忘的存在……至少比起我的師父是這樣。」青年露出有些悲傷的笑，戴上帽子：「但我在這裡有該做的事。接下來一段期間，林口庄這邊大概會有潛在的危機出現，我希望能解決這件事。」

林口庄？店長一時間沒想到是哪三個字。青年說的話，她感到莫名其妙，但危機兩個字讓她在意：「你說的危機是什麼？林口庄又是哪裡？」

「喔，對，現在很少人叫林口庄了。」青年恍然大悟，接著表情微變，似乎發現了什麼。他臉色凝重地看向天空：「這麼快？不會吧，我還什麼都沒……」

接著就消失了。

就這樣當著店長的面。

她幾乎懷疑自己看錯了。這是某種魔術？魔術可能做到這種事？瞬間消失？店長連忙四處張望，看有沒有留下魔術的軌跡，但什麼都沒發現。她忽然懷疑這是不是夢。畢竟太超現實了。小白鶴怎麼可能飛到這裡，飛到溫羅汀？人也不可能憑空消失。也許她看到的是幻覺，某種很真實的幻覺。不是幻覺的話，根本不合理。嗯，是幻覺，她決定了。

但隔天的新聞讓她動搖了。

新聞報導，小白鶴被發現在松山車站。

牠真的離開金山了！時間這麼近，應該不可能是巧合。難道牠是在回金山的路上又迷路了嗎？一時間，店長忽然有點生那個青年的氣——如果是他把小白鶴帶離金山，那不帶牠回去，讓牠迷路，也太不負責了吧——但要是這麼想，就要承認那名青年不是幻覺，是真實存在的。

那青年口中的危機，也是真實存在的嗎？

店長心裡埋下了些許陰霾。

13.

故事末尾提到金山小白鶴出現在松山車站，我用手機查了一下，確有其事。新聞時間就是故事裡二零一五年的十二月十七日，這份透過新聞營造出來的現實感，馬上傳到了玩家心中，後來我在筆記本上看到幾位玩家寫著：

店長說去年（2015）十二月中旬晚上，她曾碰到一位疑似能跟鳥兒溝通的青年，對方跟她預言『林口庄』將會發生事情！

……知道林口庄事件，讓我小小忐忑不安，感覺整起事件跟現實聯繫越來越高！作為卑微的協助者一員，我好抖啊！

看到他們說「整起事件跟現實聯繫越來越高」，我不禁心情複雜。其實他們仍不這麼想吧？遊戲終究是遊戲，如果他們真的把這一切當成現實，就不會說出「跟現實聯繫越來越高」這種話，因為現實就是現實。

他們根本不知道自己就處在殘忍無情的現實中。

在永樂座看筆記本時，正巧遇到小部跟蔚藍，聽說我剛去完春雷出張所，他們又和我說了一次他們的推測：「林口庄」發生了某件事，而吉他手可能就是受害者。嗯……這麼說也沒錯，但我沒說出口，沒說出我知道的任何事。我不想被當成「遊戲的一部分」。如果我這麼做，那就正中遊戲主辦人的下懷。

有玩家留言說，「林口庄」在汀州路，是公館一帶的古地名，所以「林口庄會有危機出現」，意思等同於「溫羅汀會有危機出現」。但這早在去年十二月就被預知了？有誰早就知道有這場危機，並因此而來？故事中的這名青年到底是誰、想做什麼？

更重要的是，遊戲主辦人透露這個訊息，到底有何目的？

14.

為了追蹤遊戲主辦人提供的線索，還是說一下「我的德國電子加速器」好了。這個乍看來莫名其妙的謎語，其實是糟糕到令人不敢恭維的冷笑話：「德國電子加速器」原文為「Deutsches Elektronen Synchrotron」，簡稱「DESY」；加上「我的」，就成了My Desy。這是「靈感咖啡」這間店的英文名，據說他們開了一個叫「賣點子」的網站，所以才叫My Desy。

我在靈感咖啡的廁所裡見過那張照片。今天，我再度來到這裡。靈感咖啡位於新生南路旁，從某個階梯進去走上三樓，我說要借個廁所，便順利進去了。結果令我毛骨悚然——照片重新出現了，就跟我當時看到的一樣。

玩家黑筆曾對維吉尼亞說：

你的照片，不，應該是某個和你很有關係的人，他的照片被人鎖定了。就在『我的德國電子加速器』的廁所。你對這些有任何印象嗎？沒有也沒關係就是了。

他還說：

為了大家的安危，我不能再透露更多查明的線索了。

希望一切都來得及。

來得及……什麼還來得及？黑筆到底知道些什麼？廁所的燈光下，我看著照片裡的那個人，照片裡的那個人，也看著我。

在根本稱不上隱密的空間裡看到寫著「TARGET」的照片……真是可笑。重點是字還很醜。但令我在意的是，曾經一度消失的照片，竟因為遊戲舉辦而再度出現，這只說明了一件事：照片是遊戲主辦人拿走的。

我離開廁所，問櫃檯的工作人員知不知道照片的事。

「老闆，不好意思，我在裡面看到

一張照片，上面寫著『TARGET』，那是什麼照片啊？」

「喔，那個啊，最近這附近有個公共藝術活動，那張照片是活動的一部分啦。」

「這樣喔，是怎樣的活動？」我假意問。

「聽說是實境遊戲，主辦人解釋過，但我也不熟悉。」

果然如此。我問：「喔？主辦人長什麼樣子啊？」

「嗯……我想想，看起來有點娃娃臉的男人，穿著有些老式的風衣……啊，對了，他的髮型很特別——」他用食指在自己額頭前比劃一下，笑著說：「是齊瀏海，男生很少看到這種髮型的。」

我心中一驚，穿著風衣，剪齊瀏海的男子，不就是「春雷出張所」的故事裡提到的人嗎？我向工作人員道謝後就離開了。真想不到，這張存在於「現實」中的照片，竟被設計成「遊戲」的一部分。

安西曾在筆記本上留言，說這張照片是要拿去給h*Ours——一間咖啡店——的老闆，他正是因此得知照片中青年的姓名：邵國盛。

為何安西會把照片用手機拍下來，再拿到h*Ours去？這點我還真不瞭解。我是說，為何是h*Ours？又為何要給老闆看照片？事實上，玩家們也在筆記本上爭論過這點；安西認為「h*Ours」就是第三個地點，黑筆卻說「愛之船啦啦」才是。無論何者為是，在h*Ours打聽到「邵國盛」的名字是貨真價實的。

至於是誰把「邵國盛」當成目標，安西這麼推論：

「我們是無法具體的。現在你聽到的聲音，也只是我們模擬的電子訊號。而且即使我們辦得到，我們也不想，因為私家對我們來說毫無意義，我們的意義來自公眾。」

所以我們要面對的可能不是人（？）是神、鬼、政府，還是某個意志（？）

真是服了。

知道自己可能面對不是人的存在，竟還這麼平和、毫無動搖。也是，畢竟這一切終究只是遊戲，但這種心態會持續到何時？看到春雷出張所的故事，就有玩家覺得與現實重疊了，這種「反正只是虛構」的娛樂想法會一直下去嗎？要是越過了那條線，玩家開始意識到事態嚴重，又會變成怎樣？還是說，那正是遊戲主辦人真正的企圖？

……事情不會變成那樣。我一定會阻止遊戲主辦人的陰謀。

15.

我曾說過，有個地點存在爭議，那就是第三個地點的爭議。看筆記本上的內容，安西從h*Ours得知了邵國盛的事，因此確信那就是第三的地點，黑筆不認同，在筆記本上說：

第三個點，是愛之船啦啦吧？那神秘的氣息，實在很難不讓人注意。

對了，維吉尼亞，你認識「瑋瑋」嗎？能想得起來關於她的事嗎？

瑋瑋是誰？又是沒聽過的名字。但安西沒被説服，他今天又在筆記本上強調第三個地點真的是 h*Ours，還説：

除了問到線索外，我們跟店長也有閒聊。他很熱心幫我們介紹店的歷史，還有他們過去受到歧視的狀況。（牧師帶了一堆小孩在他店門口寫『神愛世人』＆一群人跑到他們店門口唱聖歌）雖然這可能跟解謎無關，但希望大家能多關注同志婚姻合法化及性別平權的問題啊！

事實上，安西不只在筆記本上質疑，他也在活動頁的討論區裡留言，説他對於黑筆找到的地點不同感到奇怪，黑筆回應他：

安西你好，感謝你那天的情報。我之後自己找了之後，覺得第三個地點應該是愛之船啦啦，原因是愛之船啦啦才完全符合原本的敘述；h*Ours 只有飲料，但沒有販賣衣服、DVD、書籍，至於晶晶書庫沒有飲料。

看到他們的討論……不，其實看維吉尼亞説「充滿彩虹的一個地方。彩色的光照進室內，很漂亮」時，我大概就猜到了，第三個地點一定是與同性戀有關的地方。

我不習慣到這類地方。我不討厭同性戀，我可以經過，我可以在外面徘徊，但我不會進去。那不是我的世界。就算店內與店外用的是透明玻璃，我與他們，也永遠隔著一層。不會有任何改變。

不過，既然黑筆都詳細比較到這種程度，只好去一趟愛之船啦啦——這樣才能知道遊戲主辦人的意圖。

愛之船啦啦在羅斯福路的巷子裡，我鼓起勇氣進到店內逛了一圈，有許多給女同志穿的束胸、西裝，從裡頭往外望，彩虹旗映照著外頭的陽光。就是在這家店裡，我發現了寫著故事的小冊子。這是和公館阿帕、春雷跟崗亭一樣的線索形式。原來，黑筆提到的「瑋瑋」，其實是故事中的店長。

發現愛之船啦啦的黑筆，是在去 h*Ours 之後覺得：不對，不是這裡。在他從 h*Ours 離開，走回永樂座的路上，經過愛之船啦啦，突然想說：欸，這不就是那個描述的地方嗎？一進去後，果然發現了故事本。但這時大家已經都以為第三個地點是 h*Ours，黑筆因此決定在筆記本上留言導正。

愛之船啦啦時尚概念館

在愛之船啦啦時尚概念館前，我見到一名男子走出來，店長瑋瑋跟他聊天，相談甚歡。對愛之船不瞭解的人，可能會對這個場面感到意外吧？我不禁帶著些尖銳地想。愛之船啦啦時尚概念館外面寫著一行字：「中性服飾、束胸、拉子影音書籍」，有些人光看這些，心想「喔，這是給拉子開的店」，就會進一步想像會進出這家店的全是女同志。

我們社會對性少數的想像很貧乏，很容易想像成不會流動的群體。幾年前，我還聽過一種荒謬的說法：「我對同志沒有意見，但可以請他們不要出現在我們看得到的地方嗎？」彷彿「同志」的標籤一貼上去，他們就屬於另一個世界，也只需要那個單一的世界。這種眼不見為淨的想法，雖然近年來逐漸改善，卻仍是社會上普遍存在的思考方式。愛之船這樣的商店存在是理所當然的，因為有需求，但這不表示所謂的性少數空間是封閉的。不只是性少數本身會交流，一些對性別議題抱持開放態度的人（我自認為自己是），也會出入這些地方，更何況中性服飾或束胸也不只女同志能用。

總之，我們對性別的想像太單一、狹隘，我總忍不住這麼想……但這種批評，瑋瑋恐怕不會同意吧？她說過，愛之船啦啦的「啦」雖然來自拉子，但加一個口部，是希望與更多的人對話。事實上愛之船的風格也是如此，不排斥異性戀，自然地開放空間給所有人；像我這樣用理論武裝自己的人，比起平心靜氣地交談，或許是太急著批評了。

但這個世界……不會光靠和平、友善就變好，所以像我這種人，也是必要的吧？這時，跟瑋瑋談話的男子向她揮手道別，與我擦身而過。他看起來好年輕，打扮卻很老派，而且齊瀏海對男性來說比較少見，我不禁多朝他看了兩眼。

「好久不見。」瑋瑋叫我的名字，跟我打招呼，我笑著過去：「是啊。啊……你們裝潢改了？」

「上個月改的，不過主要是外面這一塊，裡面還是差不多。」瑋瑋斯文中帶著熱情地笑：「要進來坐坐嗎？我為你泡杯茶。」

「好啊。」我點點頭。本來就打算問她一些事，坐下來也好。愛之船改裝後改變最大的便是面向外面的桌椅，我覺得是很好的沙龍空間，從外面看進來一目瞭然，與一般咖啡店的配置原理不同。我想這正是開放性的表現，而且從外面就可以看到誰在店裡，也能很快決定要不要進來聊天。

「剛剛那位先生是？」我坐下後問。

「喔，是做公共藝術的。最近溫羅汀這一帶有一系列的公共藝術活動，他負責其中一個子計畫……我覺得是蠻有趣的計畫。不過，負責人好年輕啊！或只是看起來年輕吧。」

「這樣啊。」我沒有追問，畢竟只是隨口問起。

「今天怎麼有時間來？要看看我們進的新書嗎？」

「啊，不……我是有事想問。」

「有事想問？什麼事？」

該怎麼開口呢？我猶豫起來。畢竟我要問的，根本與空穴來風無異，若瑋瑋問我為什麼問的話——

不。沒什麼好猶豫的。一定有什麼事正在發生。如果我害怕的話，是不可能找出真相的。

既然他不願明說，我只好獨立調查，這樣的話，也許我可以阻止壞事發生……

「瑋瑋，最近溫羅汀這一帶，有發生什麼異常、不正常的怪事嗎？」

「最近嗎？」瑋瑋想了想：「好像沒有。你說的最近是多近？」

「大概……從今年開始。」其實我不怎麼確定。

「我沒印象耶。」瑋瑋搖頭：「為什麼問這個？你有遇上什麼怪事嗎？」

「不，是我朋友說最近好像有什麼怪事……」

「那你問那位朋友不就知道了嗎？」

「他不跟我說。但我很擔心，因為他說不告訴我，是不想連累我。我覺得他被捲入了什麼危險之中……」

瑋瑋又想了一下，接著才說：「抱歉，我幫不上忙。不過為什麼問我？難道那位朋友是我認識的人？」

「不，不是。」我搖頭，但瑋瑋的直覺確實敏銳。雖然她不認識他，不過他察覺到溫羅汀有什麼事發生，情報源可能就是 LGBT 圈。

其實 LGBT 在汀州路與羅斯福路這段有發展上的地緣關係，有代表性的店家不少。所以我不只打算問瑋瑋，這附近的相關店家，像晶晶書庫，我也打算去問……這種時刻，我不禁有些遺憾。雖然我關心性別議題，但更熱衷於知識與理論，還沒有真正融入這個圈子的核心；

我不確定這是我的極限，或沒有真正用心瞭解的意志，還是沒有面對真實自己的勇氣。

心不在焉地跟瑋瑋聊了一下後，我便離開了。離開前，瑋瑋說：「如果有什麼我可以幫的，就盡量跟我說。」

「謝謝。」我衷心地說。

但對於接下來該怎麼辦，我有些茫然。

情報可能來自LGBT圈，這只是我的推測，其實沒有把握。只是，若溫羅汀真的有什麼怪事，我不瞭解有什麼不能說的。這種密而不宣的特質，讓我有這種聯想。但終究不算圈內人的我，真的能調查到他不願說的事嗎？

而且，就算調查出來，我能做什麼？我只是普通人，除了稱不上成熟的思想外，沒有任何力量，我到底能做到什麼？

不對……

現在已經沒有自我懷疑的餘裕了。

因為，雖然不確定跟溫羅汀的「怪事」有沒有關係，至少我知道他確實處在危機之中——

我有明確的證據。我已經看到那個證據了……！

16.

做公共藝術的男子！

這人跟春雷出張所提到，還有靈感咖啡工作人員看到的，顯然是同一個人。他不只在故事中出現，還在現實中出現過！也就是說，除了Sunny和維吉尼亞外，故事中還有另一位顯著的NPC：公共藝術男。他把自己也放到遊戲裡了。這人到底是誰？

我還注意到一件奇怪的事。

目前出現的小冊子，絕大部分都是第三人稱視角，只有兩份不同；一個是公館阿帕，用第二人稱視角，而愛之船啦啦則是用第一人稱視角，這樣的差別有什麼意義？難道，這個故事中的「我」就是遊戲主辦人？

不不，不可能。目前看起來，遊戲主辦人應該是那位從事公共藝術的男子。而且要是我沒猜錯，雖無鐵證，「愛之船啦啦」這個故事中的「我」……應該是「她」。

「她」當然不可能是遊戲主辦人。「她」已經死了。如果這個故事中的「我」是「她」，毫不奇怪，本來在維吉尼亞畫出自畫像時，我就隱約察覺到「她」與這場遊戲的連繫，雖然，那一定是遊戲主辦人惡意借用「她」的身份，可是……

因為不想久留，我很快離開愛之船啦啦。

走回永樂座的路上，我做了兩件事。我打了一通電話給頂頭上司，問他這個遊戲的主辦人是誰；聽玩家說，春雷的小冊子是這兩天才放的，有玩家說第一次去時還沒看到，這表示，遊戲主辦人最近來過溫羅汀。

「遊戲是溫羅汀公共藝術『給溫羅汀一道不一樣的光』的子計畫，主辦人是合作對象之一。」頂頭上司告訴我。

「有管道可以連絡上那位主辦人嗎？」我坐在溫州公園的一角，隨意看著對面的樹。

「可以。不過你這麼說，這遊戲果然有什麼問題吧？」

「值得繼續觀察。」我篤定回應。雖然有其他該回報的事，但我壓下來了。因為我還不確定「她」與這場遊戲到底有多深的關係。如果……雖然不是真心這麼想，但如果在萬分之一的機會下，「她」真的是維吉尼亞……

那就表示，我該為我犯下的失誤負責。

所以在還沒搞清楚前，我不打算草率地將此事報告上去。結束通話後，我做了另一件事。雖然是我擅自行動，但我決定採取進一步的預防措施。進展到此，「危機」已強到讓我不得不做些什麼了。這預防措施不難，我也不確定有沒有效，但值得一試。

順利的話，危機或許很快就可以解除。

17.

幾天過去了。這段期間，有幾件事值得一提。

四月四日那天，永樂座裡筆記本短暫消失一段時間。這點在活動頁上公告了。雖然不能肯定是否為危險勢力所為，但機率很大——那或許是種警告，一種「我注意到你了」的警告。正因如此，許多玩家才在留言中躲躲藏藏、只透露部份真相：行事必須小心謹慎。

另一件事發生在四月六日。那天晚上，永樂座舉辦了討論服儀自由的講座，書店被擠得水泄不通，我好不容易推開了門，側身進來後，就在書店的一角遇到一位面熟的玩家，經自我介紹後，原來他就是紅椰。

他說：「你在等筆記本嗎？」

平常放筆記本的地方，現在擠到根本無法接近。我點點頭，紅椰卻興奮地說他有重要的新發現！他迫不及待地跟我分享：「我想，我找到了筆記本封面的那棵樹，就在邵國盛最後消失地點的附近！」

「……你是說魚木？」我嚇了一跳。

「我不知道它叫什麼名字，但我拍了照。是這一棵。」他拿出手機，在漆黑一片中，依稀可以辨識得出那是溫州街區的加羅林魚木。雖然我也是一眼就認出封面的魚木，但我想不到居然會有其他人發現，而且這麼快。他到底怎麼發現的？

「看到第四個點的小冊子之後我一直在想，為什麼要寫出確切地點？我昨天去了豆雲豆花，但一無所獲。今天，我沿著吉他手最後的足跡走，想找他丟下的『寶物』。終於，我認為自己的直覺沒錯！就在豆花店旁邊，是台電公司的停車場。警衛告訴我，停車場內的樹上，前幾天出現了奇怪的紅布條。」

「奇怪的紅布條？」

「對，但警衛也不清楚紅布條的用處，只知道是有人來綁的。」

「這棵樹就在邵國盛消失地點的旁邊，樣子剛好與筆記本封面非常相像，最近又被綁上了紅布條——」他微微一笑：「你不覺得很有趣嗎？」

紅椰將他的推論寫在紙上，即便好幾支筆都寫不順，一支換過一支，還是要把他的「重大發現」告訴大家。我站在旁邊看著他寫，心情有些複雜。有趣嗎？比起有趣，我更感到不安。我從不知道玩家能積極到這種程度，魚木所在的那個停車場，其實不算對外開放，平常也用圍牆隔開，一般來說，根本不會特別有人進去，但紅椰卻跑去問了。若不是遊戲的積極推動，很難想像會有這種事發生。

而這樣的玩家們，絲毫不知自己正在被遊戲主辦人控制著。

紅椰留言後沒多久，子月馬上前往魚木。

剛前往你所說的地點確認，樹上確實有紅布條，不過警衛也說那棵樹正在施工，好像是要做什麼造景。所以，無法確定是否僅為施工前的祭祀儀式。

此處登場的紅椰，就是第一位呼籲大家寫上頁碼的玩家，以免有人弄亂筆記本順序，甚至亂入。之後頁碼也被當成判斷留言可靠性的依據之一。

還有兩件事。

四月五日這天，有人在筆記本裡夾了甜甜圈，是玩家水藍留下的。他說：

調查沒什麼進展，不過我還是想表達我的關心。你好像很想吃甜食，所以我買了個甜甜圈夾在筆記本裡，希望你吃的到。如果碰的到，就拿去吃吧！

甜食？這麼一想，前面確實有玩家希望維吉尼亞能把她想吃的東西列出來，說不定能成為提示；於是維吉尼亞放膽列了一堆甜點，簡直像在點餐一樣——當然，除了透露她的吃貨本性以外，沒能給出任何線索。

雖然水藍是好意，但翻頁時，必須先把甜甜圈拿出來，寫完字後，再把甜甜圈放回去，這實在有些麻煩，連紅椰都說：

拜託你一定要吃到甜甜圈，因為好難寫字啊啊啊啊……

這件小插曲與最後一件事有關。

從四月二日，也就是維吉尼亞提供了那四個地點的線索開始，她就沒再出現了。不只是四月三日，直到四月六日這天，筆記本上都再也沒有她的蹤影。玩家們希望能吃到甜甜圈的人，再也沒說話。他們要救的目標就這樣消失了。

18.

四月五日這天，我第一次在筆記本上以玩家的身份留言。

親愛的維吉尼亞

在這奇詭的狀況下，你還保有幽默感，或許是唯一令人慶幸的事情。

你寫下的四個地點我都去了，得知在這個事件中，似乎還有一個關鍵人物——吉他手的存在。在你的自畫像中，或許我能大膽推測，吉他手是另一個人（至少是「生理男性」）而他失蹤了。另一個人則是那神秘的夢中人。

這讓我有所疑問。

1、你和吉他手是什麼關係？

2、這些地點是你曾去過的地方嗎？

就你提到的「異質感」，

難道是吉他手的記憶？

3、這些記憶是同一個時間帶發生的？

此外，聽說筆記本消失了一陣子，有人在阻止這場行動？

把你關入筆記本，和藏起筆記本的人是否是同一個人（或勢力？）

這樣你的處境極為危險，也許把你關入筆記本的人抱持的是極大的惡意。

我會繼續調查把你救出筆記本的方法，還請你再忍耐一下。

祝　平安無事

K.P（不是柯文哲喔！）

這些話，我不能說完全真心誠意，畢竟我知道更多內幕，卻沒說出口；但我寫下這番話，是因為無法抑制自己的好奇心——維吉尼亞，你到底是誰？

你是遊戲主辦人虛擬出來的形象嗎？還是真有其人，你真的被關在某個地方？如果真有其人，你……是「她」，或跟「她」有關嗎？「她」怎麼可能還活著，並被關在那種地方？

一想到確實存在這種可能性，我便沉不住氣。我一定要知道。

K.P 是我稱號的縮寫，唸起來跟柯文哲的暱稱「柯 **P**」有點像，所以我特此說明。我自信幽默感還不錯。但從這一刻開始，我就被視為「玩家」了。只是看著，是無法介入這場遊戲的，雖然其他玩家還不曉得，或許連遊戲主辦人都不曉得——

但成為「玩家」，就是我對「遊戲主辦人」秘而不宣的宣戰布告。

第二章　魚木花開

1.

謝謝大家的關心，洩露我隱私的罪魁禍首已經來向我道歉了（就是那個夢中人做的），他原本幾天前就要來找我的，但似乎碰上了什麼困難，所以昨晚才聯繫我。

除了道歉以外，在我的追問下，他也告訴了我以下這些事情：

1、這不是愚人節玩笑，溫羅汀真的遇上了危機，維吉尼亞也真的被困住了，遊戲是為了號召大家來幫忙。

2、有人在妨礙救援行動，昨天筆記本失蹤有可能就是他們的人做的，而筆記本上的「封」字阻隔了筆記本和維吉尼亞那邊的連結，如果看到「封」字，用筆劃掉就可以慢慢恢復連結了。（可能要一兩天）

3、這本筆記的作用不只是救維吉尼亞，還有其他更重要的作用。希望大家能盡量把調查的心得、溫羅汀有關的資料等等都放上來，也多和維吉尼亞聊聊天，一方面可以幫助她恢復記憶，另一方面這些記錄也會在不遠的將來派上用場（雖然不知道是什麼樣的用場）。維吉尼亞和大家的記憶都將成為筆記本的力量。

我目前對夢中人的話仍是半信半疑（畢竟之前發生過那種事），但為了維吉尼亞我還是回來了。總不能放著受困的人不管，不是嗎？接下來我也會去那四個點看看，不過恐怕我除了能和夢中人接觸以外，和其他來幫忙的人也沒什麼區別，請別抱太大的期待:)

四月五日，Sunny 帶來了夢中人的訊息。這下維吉尼亞無法回應的理由就明確了，至少對玩家來說是如此。雖然之前沒說，不過從四月二日開始，筆記本便被寫下了大大小小的「封」字，曾有玩家把「封」字圈起來問：

這個「封」字是什麼意思？

當時沒人回答，也沒人能回答。不過從那天開始，就陸續有玩家自主將「封」字劃掉，明明 Sunny 都還沒帶來這些消息。或許是維吉尼亞行蹤不明，玩家們覺得無事可做，便自行做出各種嘗試吧？這也算是玩家恐怖的地方，但對於 Sunny 帶來的消息，他們就這樣毫無懷疑的接受了，讓我有些不滿。

莫名其妙就失蹤這麼多天，難道不可疑嗎？為何只出現一個答案就接受了？因為 Sunny 可信，真的嗎？如果有人假冒成 Sunny，只是署了名 Sunny 的名字，帶來錯誤的消息呢？也可以提出更具現實性的理由啊，舉例來說——只是舉例喔——若這只是虛構的遊戲，也可能扮演維吉尼亞的工作人員因為清明連假要回鄉掃墓，無法寫筆記本，才不得不失蹤，這不是合理得多？

可能也有玩家這麼猜吧，但戳破這點，遊戲就無法繼續，所以才不寫在筆記本上。對現在的我來說，也不傾向這麼做，畢竟我想知道遊戲主辦人的目的。只是對玩家如此積極卻又容易操弄，感到有些不滿。

如果維吉尼亞失聯真的是「封」的效果，那她歸來也是六、七日的事；也是看到 Sunny 這番話，我才開始在筆記本上留言。現在，筆記本上有再多的「封」字也已無用，既然玩家多半能在第一時間封鎖，那維吉尼亞歸來是遲早的事——

如果 Sunny 傳達的訊息並非虛言。

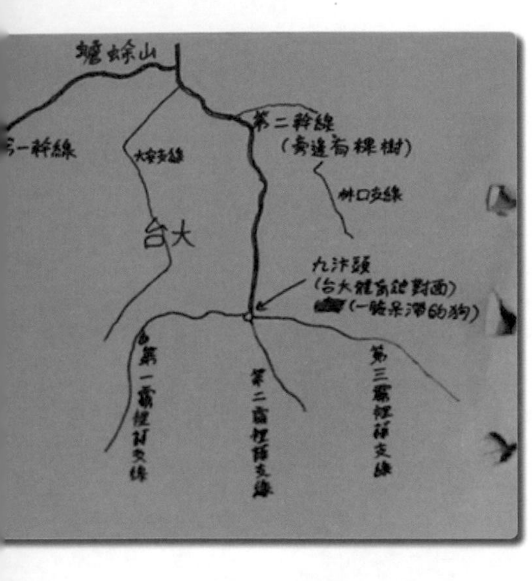

2.

Sunny 帶來「希望大家能盡量把調查的心得、溫羅汀有關的資料等等都放上來」的訊息，產生了一些效果。有位叫南瓜的玩家，竟根據張宛晴的夢發現了線索：

雖然還不清楚蟾蜍、大樹、狗的意義。不過我還是把地圖描下來（加上一些額外的註解）夾在這裡（46 頁與 47 頁之間）說不定會有什麼幫助。

……原來如此，我竟沒看出來。南瓜畫的地圖，就是瑠公圳的地圖！被這麼一說，我才發現張宛晴夢見的血脈意象確實吻合瑠公圳的圳道。如此模糊的提示，竟有玩家看得出來，我也真是服了。

3.

四月六日晚上，頂頭上司主動來電。

「知道遊戲主辦人是誰了，但聯絡不上他——根據你提交的回報，遊戲的內容跟原本提案的不同。」

「怎麼會聯絡不上？」

這應是不可能的事。

「他當初提供的資料不可靠，電話和信箱都沒有回應。」

「太離譜了，既然是計劃的合作對象，那些不可能沒經過審核！至少結案匯款的帳戶會知道吧？如果結案沒通過審核，也要追究結果吧？聯絡不上是不可能的！」

電話彼端沒回應，但我知道他們同意我的話，恐怕，他們心裡也已經有底了。

「我認為，遊戲主辦人或許是『那些傢伙』。」我吸了口氣後才說。我指的是長久以來與我們為敵，那些無名無影、連其真面目都不確定的可恨傢伙。雖然從小冊子的線索看，那個公共藝術男也有可能是遊戲主辦人，但那或許是陷阱；正是為了掩人耳目，才刻意將「這個角色」寫到故事中。但電話彼端冷冷地說：「還無法確定。」

「不能否認可能性很高吧？」

我有些氣惱。因為我知道他們這麼說，只是怠惰。「那些傢伙」太棘手，以致他們想逃避現實。電話彼端說：「徒有可能性並無意義。你做好自己的工作就好。」

「我當然知道。」

「那就期待你後續的報告。」

電話就這樣掛斷了。我有些氣憤，但就算抗議，也沒意義。我只能調整自己心情，等待遊戲的下一階段。維吉尼亞回歸後，一定會帶來新的線索。遊戲主辦人的目的遲早會曝光的。

4.

四月七日，如我所料，維吉尼亞回覆了。但她的反應嚇到我了。一頁、兩頁、三頁、四頁、五頁、六頁、七頁……我不停往後翻，一連好幾頁，都是維吉尼亞的綠色筆跡。她的心情就這樣赤裸裸地曝露其上，不忍卒睹。

有人看得到嗎？

→　看到請回我（雖然我可能要下一次才能看得到）

我或許無法馬上回應
但我看到了可以安心一點
拜託QQ

有人看到嗎？請回應
有人看到嗎？
有人看得到嗎？

一連十幾頁的獨語。我大概知道是怎麼回事了，這不難想像，連我都忍不住覺得發生在她身上的事太過殘忍。

她不停在筆記本上計算的，就是一天到底有多久，下一次留言為什麼還沒來？以及，**到底怎麼了？**沒有人可以回答她，她就自己找答案。重複問問題，然後找答案。這四天，她一定都在重複著這徒勞無功的循環吧。

其實答案很簡單，就是那些「封」字。因為那些「封」字，我們看不到她的回應，她也看不到我們的。

她一定覺得自己被拋棄了吧。

又睡了一覺醒來。

（至多2次）
一般來說，都是睡 0~2 次左右，會有留言傳送過來。
為什麼睡了五六次了，還沒有留言？
還沒到 ~~12~~ 24 小時嗎？ or 騙（Sunny第二頁講的）

$\frac{12}{5} = 2.4$

$\frac{12}{6} = 2$

~~但一次睡眠應該至少有1.5hr？~~
~~（醒30min＋睡1.5hr）×6＝12~~
（醒5?min＋睡1.5hr）×5＝12
2.4

Hello 醒來
不斷看之前的日期，每一次筆記本的兩邊交換內容都是以差不多外面世界1天為週期（約4/2）
睡了6次
~~2.5~~
（1.5＋1）×5＝12.5
×6＝33
醒
2.5
1.5

or ① 其實經過了兩次，但是中間沒有人回
→ 那我最近可能比較嗜睡 0≤x
睡眠週期正常 ~~0~2~~ 0≤3
② 經過了3次 → 但是兩次都沒有人回不太尋常
永樂座出了什麼事
（放棄這裡了？
or 筆記本丟了？（那在誰手上
他為什麼要拿走
（為什
③ 不到12hr（上面）
24
~~算了應該下一次就OK~~

有可能差不多一天？

到底怎麼了！！

有那麼少嗎

明明才剛剛出現很多人說要來幫自己，但是轉眼間就將自己拋棄了。

過了多久啊～～～

是不是怎麼寫都不會有人看到了？那我要亂講話囉。

先說好話，永樂座的大家我愛你們！就算只收到兩天留言也愛你們！（看不到有什麼用啊）

下一頁，維吉尼亞寫：

其實說到底我也只是個和所有人無關的陌生人罷了。沒有動機，也沒有必要。

如果維吉尼亞真有其人，我都要同情她了。再怎麼說，她都是被關在一個無人的空間，無法出去，對她來說，筆記本是溝通的唯一手段，也是最後一根救命的稻草。被大家遺棄，就連最後一根稻草都沒了。

最後，我們這邊四天份的訊息終於傳達過去了。

維吉尼亞塗掉了最後一頁的喪氣話，但迎接她的不是希望，而是悲傷。

她看見邵國盛的名字了。

5.

邵國盛這個名字讓我想起很多事情。
他是我的朋友。
關於他的記憶很強烈（他一定是我很好的朋友吧），但也帶著悲傷的氣味。
如你們所說的，他是圓點 Chance 的吉他手沒錯。
而他也確實失蹤了。
當初似乎就是因為調查他的失蹤，我才捲入了這件事。
在他失蹤以前曾留下一些線索給我，但我現在想不起來了。
不好意思，明明希望你們能幫忙的（你們也那麼願意）
可能想起他的事情，對我來說太衝擊了。我腦中很混亂，不太有辦法清楚的整理。

維吉尼亞的字，和先前篤定的姿態不一樣，寫到「失蹤了」三個字時，她彷彿在顫抖著。

「失蹤」是那麼難以接受的事嗎？不是明明早就知道了？再次回憶起——依然會感到悲傷嗎？

對他是周志

他是同志沒錯

那首歌他曾經唱給我聽過，我對那時刻印象很深。我記得最後一句的歌詞是"I feel I am not a monster when I am in hours"

hours 就是那個 h*Ours

（安西，謝謝你提醒大家關注同志議題）

玩家「D.A.」曾將公館阿帕的歌詞抄寫到筆記本上。那首歌寫到身為同性戀的邵國盛，覺得自己在這個世界格格不入，公館阿帕的小冊子確實暗示了此事（雖然小冊子作者一直擅自揣測他人心情這點，我不敢恭維），聽其他玩家說，h*Ours 是走「性別友善」路線的咖啡店，如果歌詞中的 hours 就是 h*Ours，這句歌詞的隱喻就夠明顯了。

原來如此，其實這是線索。遊戲主辦人知道那份缺了一句的歌詞，能喚起維吉尼亞的回憶，或是遊戲主辦人自導自演，透過維吉尼亞的身份傳達這個訊息，總之，直到這時，玩家才應該知道要去 h*Ours 問照片中青年的身份。安西能找到 h*Ours，甚至拿出照片詢問，居然只是歪打誤撞。

維吉尼亞應該看了前面的留言了吧？她也看到玩家們針對四個地點的討論了，可是她的反應令人意外。

我對你們在那裡看到的東西很多都沒有印象，有些事情我根本不知道（也沒什麼可能會知道，比如邵國盛失蹤前一刻在哪裡）你們可以告訴我多一些嗎？我好想知道。

雖然我也應該多說一些的，但我現在還沒有辦法，我還需要一點時間。

還是謝謝你們告訴我，這個回憶雖然很悲傷，但它對我來說是非常重要的，回想起來對我來說意義重大。

是因為邵國盛的事吧？

從維吉尼亞一直說「我還需要一點時間」可以感覺出來，是她難以承受的事。不過如果悲傷痛苦的話，忘掉不就好了嗎？不去看不就好了？這種人生智慧，她難道不懂嗎？為什麼還要緊抓著不放，說「這對我來說意義重大」？

如此自顧自地陷於悲情，竟讓我想反駁她。

真不想承認，不過我確實受到這些不知道是誰寫的文字所影響。可惜除了展現維吉尼亞個人的悲情外，沒有讀到太多推進遊戲的資訊。

6.

稍晚，Sunny 又帶來了夢中人的訊息。看來夢中人越來越活躍了，根本看不出有「碰上了什麼困難」嘛！

先回答先前說要問夢中人的事情好了（昨晚又在夢中見到他了，總覺得次數變頻繁了，不知道是？）

首先是「邵國盛」的事情：夢中人說他個人和邵國盛無關，而邵國盛和維吉尼亞的關係還是讓維吉尼亞（恢復記憶後）自己說比較好。至於邵國盛現在的情況（還請維吉尼亞做好心理準備），根據夢中人的說法，邵國盛已經去世了。（請節哀）我還來不及問邵國盛的死因和死前遭遇，夢就又被那股感覺不好的力量打斷了。

然後，我也有問學長的事。夢中人說這本筆記本是專門為維吉尼亞準備的，維吉尼亞是被困在一個實際存在的超自然空間中，和夢並沒有關係，也不可能與夢相連。無論學長遇上什麼事，那都和現在的溫羅汀或維吉尼亞無關，如果學長的遭遇為真，夢中人說他會在溫羅汀這次的事件結束後，再去調查學長涉入了什麼因緣之中。

所以，「學長」和這次遊戲無關嗎？這在我意料之中。

之前有個叫「學長」的玩家在筆記本上留言，說自己來自一九九九年，在他的世界，剛發生九二一大地震，他在夢裡見到了這本筆記本。本來我以為是遊戲的線索，正疑惑著：怎麼可能會有我不知道的事？我應該對溫羅汀的危機瞭若指掌啊？

但他後來又補充了越來越多的奇怪設定，包括他是什麼「夢遊者」一族，像極了那些不入流的奇幻小說或漫畫——好可疑。

現在看了 Sunny 這番話，果然如此。其實有另一位玩家 S.J 也指出學長用的那幾頁「並沒有標上之前的頁碼」，顯然他寫的大篇設定，是另外拿同樣質地的紙插入筆記本，而不是筆記本原有的。這兩點加在一起，就足以判他出局了。

可是「學長」的例子，有一個讓我在意的地方。

Sunny 轉述夢中人的話，說：「這本筆記本是專門為維吉尼亞準備的。」到底維吉尼亞是什麼人，遇上了什麼事？夢中人這句話，雖然只是他單方面的宣稱，毫無證據，還是給我留下強烈的「維吉尼亞真有其人」的印象。

維吉尼亞的反應也很真實，隔天她就回應 Sunny：

> 夢中人怎麼認為邵已經去世的？他又怎麼會知道邵後來的事情？連我作為邵的好友都聯繫不上邵，他又是怎麼知道的？如果他能出現在夢中，那他莫非有什麼神奇的力量？他是因此而認為邵已經……了嗎？那他現在又打算做什麼？
>
> 不好意思很多問題，但我很難接受這件事，所以想知道到底是怎麼一回事。

她這份真心的迷惘，令我感到一絲痛苦。如果維吉尼亞只是遊戲主辦人假扮的，他的演技實在優秀；但若不是……維吉尼亞就是「她」的可能性，真的越看越高。但這不可能。真的不可能。

四月七日時，她似乎還沒認真將前面四天份的留言都認真看過，或還沒有心情，所以直到四月八日，她才回應小部和蔚藍的問題。那是針對四月三日的留言：

吉他手似乎有被「被跟蹤」的狀況，你有相關經驗嗎？

維吉尼亞回應：

「被跟蹤」的事我有印象。（我現在能比較好地整理了）邵在失蹤之前有一段時間非常躲我，他那時被盯上了，一直不肯見我。我們只能用留言交談。他給了我一本書，我們輪流在那本書上寫字對話。他一開始要我不要再去找他，我後來一直問，他才多少告訴我一些事情。（但我現在還想不起來是什麼）那本書後來被他拿去二手書店放了，書名叫「落日與煙」。

在長達好幾頁的留言中，如此重要的線索，居然就藏在簡短的回覆裡——我從永樂座的椅子上站起，深深吸了口氣。終於等到了。

遊戲終於往前推進。

7.

在尋找二手書店前，提兩件不太相關的事。如果我沒猜錯，夢中人若不是遊戲主辦人，恐怕也脫不了關係。所以對於大家如此信賴夢中人給予的消息，我真的滿心不悅。甚至有玩家在筆記本上提出問題，Sunny 還主動說會去問夢中人，儼然以夢中人的代理者自居。不要被夢中人利用了啊，張宛晴！我忍不住在心裡嘀咕，並在筆記本上寫：

或許夢中人想透過我們和維吉尼亞的筆談得知他之前不知道的線索？因為似乎夢中人無法直接和維吉尼亞溝通。但這推論仍無法排除是夢中人在某個狀況下把維吉尼亞關入筆記本中（而這情況夢中人無法解決）

↓總之，夢中人的話不能完全相信呢？

其實就是能不能相信。我沒有明寫，但意思很明白。能不能領會，就要看 Sunny 自己了。

另一件事，我不確定有什麼意義，只是有些不安。筆記本封面的魚木，本來是枯的，但這幾天竟開始出現小小的白花——是畫上去的。雖然魚木開花的季節是快到了，但要說封面的魚木只是單純反映花季，我難以相信。

恐怕這一切都在遊戲主辦人的預期之中。

8.

溫羅汀的「二手書店」，說來簡單，其實範圍很大。即便知道書名，要在眾多的二手書店中找一本書，也不是件容易的事。子月看到線索後就說：

溫羅汀二手書店這麼多，是要我們一間一間找到死嗎XD？

這是個好問題，但我對自己土法煉鋼的精神有自信；當天離開永樂座後，我就立刻查了溫羅汀有哪些二手書店，包括兼賣二手書的，隔天，我把自己該做的工作做完後，便開始一家一家找。

我先從茉莉二手書店開始找，這是新開的店，光明敞亮，有種誠品般的舒適感。我順便逛了逛，發現自己分心了，才再度認真尋找。這間店裡沒有《落日與煙》。

我又去了其他二手書店，書海茫茫，雖然本來就知不容易，但才找了五間店，居然就已經晚上了。我有點擔心是否有玩家捷足先登，便到永樂座翻筆記本。不看還好，一看之下，居然真的有人找到了！

Hello～

我去了二手書店……可以直接講店名了吧。

是辦過吳承明講座的胡思。

上面邵國盛與維吉尼亞的筆談記錄真是令我覺得難過，你們感情真好。可是都已經……

所以邵國盛藏照片的地方就在前面的人說的「好朋友」那裡囉……（雖然不知道其他圓點Chance的團員）

有點對不起吳承明先生（詩人，落日與煙作者）

我一開始以為《落日與煙》是瞎掰的書名，還扯了一堆民明書房跟安伯托艾可之類的垃圾話……

署名是 Jedsid。看不太懂內容，或許是要實際看過《落日與煙》才懂，但到底怎麼能這麼快就找到！我有些懊悔。胡思二手書店在我的清單上，下午也去過了，但當時我在羅斯福路那邊，找了半天都找不到上去的入口，就決定先去別間書店；如果當時我堅持下去就好了。

往前翻了翻，其實不只 Jedsid 找到，有位叫「X.Y.」的玩家也找到了，他還寫了謎語般的提示：「誰的」書架上？我想了一下，才瞭解「誰的」是指「Who's」，諧音就是胡思。

我再度前往胡思，這次好不容易在後方的小巷子找到入口——最大的招牌放在另一面，誰會知道啊？沿著狹長的樓梯走到二樓，走進書店，感覺別有洞天。從窗戶望出去，可以看見羅斯福路上川流的車潮。

《落日與煙》擺在現代文學的詩集區。這次我沒有花太久，終於找到書了！這本書有著黑色的封面，標題「落日與煙」是銀色的飄逸字體，頗有荒蕪遙遠之感，它比我想得更薄，但上面寫著詩集，似乎也不可能厚到哪裡去。

我知道自己晚了玩家其他一步，卻不表示我真的落後了。畢竟，我的重點是阻止遊戲設計者的陰謀，而這種事，不到最後是很難說的。我摸著《落日與煙》書封，吸了口氣，正要翻開，忽然有點猶豫。

我想到 Jedsid 的留言，她說：「邵國盛與維吉尼亞的筆談記錄真是令我覺得難過，你們感情真好。」

感情，這實在是我最不想觸及的事。世界的傷痛很多，這我知道，那為何要去看更多的傷痛呢?本來我對他們的關係所知不多，若翻開這本書，我便不得不去面對那些無法挽回的事。這本書好好地在我手上，卻是某種遺物，是來得太遲的記憶。我怕這裡面有某種我無法負荷的情感。

但我沒有選擇。應該說，我早已做了選擇。某種意義上，這也是為了「她」。就這樣讓遊戲設計人利用死去的「她」的遺物，太過份了。我翻開書，尋找兩人筆談的痕跡——

結果大出我意料之外。

這本書上什麼都沒有，乾乾淨淨，潔潔白白，除了原本印刷的文字外，再也看不到什麼別的痕跡。

9.

【消失的線索】

維吉尼亞才剛想起《落日與煙》這本書，這本書就在極短時間內被買走（隔天中午）；究竟是有心的參與者，還是「某些人」搶先一步了呢？如果是參與者，不妨把書放在筆記本旁，作為參考的線索，若有其他參與者抄錄書上內容，希望也能提供出來，給無緣的人參考一下。

當晚，活動頁上的公告令我大吃一驚。本來沒在《落日與煙》找到筆跡，我還以為哪裡弄錯了。難道胡思有另一本《落日與煙》？但我沒見到。還是說Jedsid騙人，其實書不在胡思？但為何要騙人？

但公告說書被誰買走了。

書店本就是賣書的地方，書被買走，並不奇怪。但真的這麼巧？就在維吉尼亞提到《落日與煙》的隔天，書就被買走了？如果真是巧合就罷了，如果不是，就表示除了我之外，還有人在阻撓這場遊戲。

這讓我有些毛骨悚然。

阻止這場遊戲，雖然是好事，但我不喜歡這種發展。因為我要知道遊戲主辦人的目的啊！就這樣奪走線索，只是造成我的困擾，因為遊戲主辦人一定有繼續推動遊戲的方法，但手段會越來越難以預料，這對我的觀察不利。

也有一種可能，就是這場「線索失竊記」，不過是一種表現。是遊戲主辦人自己的設計。但我想不到這麼做有什麼用。線索就是給人看的，為何要藏起來？在官方公告下，玩家們紛紛回報，有人說下午三點還有看到書，也有人說下午四點書還在；有人轉述店員的話，說買走書的人明確表示過「對裡頭寫的字有興趣」。

會這樣說的人，九成是遊戲玩家！一般人買二手書，多半還是要自己讀的，裡面要是寫滿無關的字，怎麼會買？更別說一開始講明是對字有興趣，而不是書了。但如果是玩家，為何沒有人站出來承認是他買走的？還是說，他果然是想破壞遊戲……？

Jedsid直接在活動頁上傳自己側拍的筆談內容，托她的福，就算《落日與煙》已經不在，我們也能知道內容。我稍微鬆了口氣，看網路上的照片，畢竟跟實際拿著書的重量不同；如果是看著這些的話，我也不會感到這麼沉重吧？

我打開Jedsid提供的Google相簿。

10.

你就暫時不要來找我了。

為什麼？你不先解釋一下靈感咖啡的照片是怎麼回事嗎？

在筆記本的回覆中，維吉尼亞曾說過她看過邵的照片（應該就是靈感咖啡那張），告訴邵國盛之後，他便避不見面，指的應該就是這件事。顯然，邵國盛不想將維吉尼亞捲入——不，雖然不確定維吉尼亞是否便是「她」本人，但至少這本書上寫字的，是「她」。我還是有點無法接受維吉尼亞就是「她」。她還活著，還在某個地方，某個我無法觸及的地方……我無法接受。

惡作劇。

屁啦。不然你為什麼要我別再找你？所以照片的事和你之前在調查的事情有關嗎？我去h*Ours和晶晶問過了，沒問到什麼。

你幹嘛？？為什麼要去那邊問東問西的？害我被老闆關切！你不要再繼續跑來跑去了，真的會有危險，我不想把你扯進來。

你不說我就只好自己去調查，反正總會查到一些什麼的。

你喔……

自己去調查，說得簡單。難道「她」沒想過危險嗎？這可不是遊戲。邵國盛大概瞭解「她」這種性格，只能說：

給我一點時間。

給你一天。

下一段顯然經過一天了。

好吧。對，跟我之前說過的事有關，我其實也不知道照片是誰放的，但照片在那邊就是警告，就代表有危險。你還是不要再繼續涉入了。

可是我真的很擔心你。明知道你有危險，我怎麼可能什麼都不做呢？你知道我做不到。告訴我，要怎麼幫你。

可是，老實說沒有什麼你可以幫忙的地方，真的。

但我想我還是可以提供一些什麼幫助吧

不行。

我可以～～～～～

「她」這句話被邵國盛畫了叉，所以在下面又加了一句：

可以啦。

你又來了。你看不見那些東西。

是那方面的嗎？（比如你之前講看過傅斯年校長的事？）

確實，在公館阿帕的小冊子中，提到邵國盛因為陰陽眼，在兩年前注意到「非神非鬼的黑氣」。他因為自己的特殊體質，承擔起某個「知情者的義務」。結果，我們都知道了。

超危險～～!!

這時「她」還不知道他將來的命運，用超大的字這麼寫。

欸等等，不是鬼嗎，他們怎麼會有你的照片？（摸得到？）莫非有人在搞鬼？

哈哈。

可能背後真的有些什麼吧。我也有拍到可疑人物的照片。

照片？

所以可疑人物是誰？照片可以給我看嗎？還有你有沒有收好？或者多備份幾張？

照片當然不能給你看，開什麼玩笑，都說有危險了啊。

那你還是要備份吧。

那我把照片放到某個地方。你答應我，除非我真的出了什麼事，不然你不能去找那張照片。（如果我出事了，你就得避開照片裡的那個人）

「出事了」三個字被「她」框起來。

不會的。

「她」說：

我答應你。

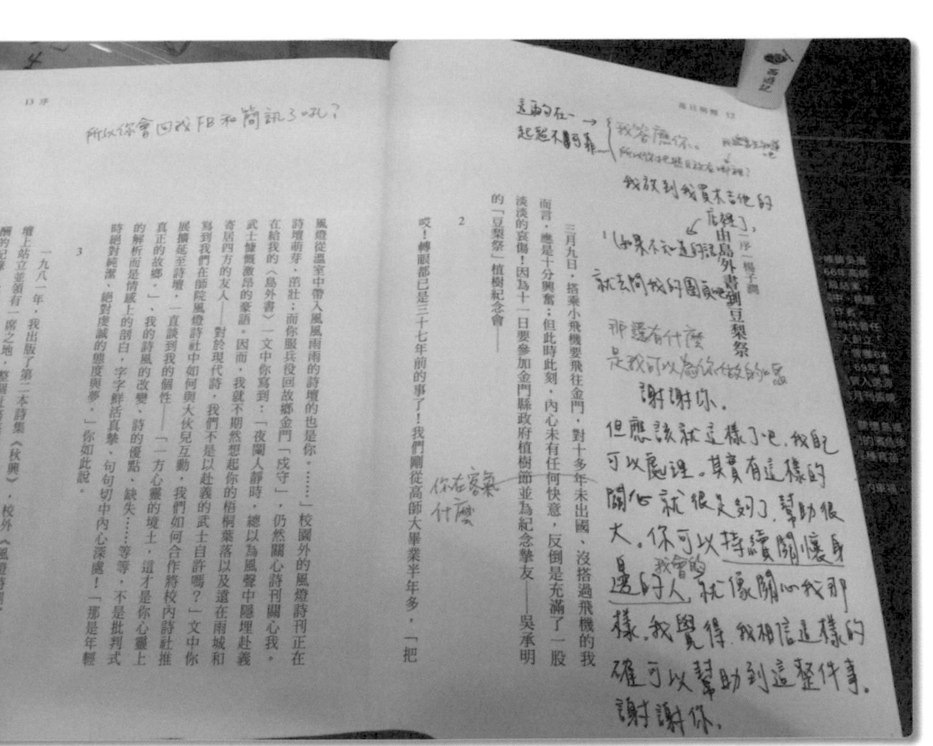
13 序

風燈從溫室中帶入風風雨雨的詩壇的也是你。……」校園外的風燈詩刊正在詩壇萌芽、茁壯；而你服兵役回故鄉金門「戍守」，仍然關心詩刊關心我。在給我的〈島外書〉一文中你寫到：「夜闌人靜時，總以為風聲中隱埋赴義武士慷慨激昂的豪語。因而，我就不期然想起你的梧桐葉落以及遠在雨城和寄居四方的友人——對於現代詩，我們不是以赴義的武士自許嗎？」文中你寫到我們在師院風燈詩社中如何與大伙兒互動，我們如何合作將校內詩社推展擴延至詩壇，一直談到我的個性——「一方心靈的境土，這才是你心靈上真正的故鄉。」、我的詩風的改變、詩的優點、缺失……等等，不是批判式的解析而是情感上的剖白，字字鮮活真摯，句句切中內心深處！「那是年輕時絕對純潔、絕對虔誠的態度與夢。」你如此說。

3

一九八一年，我出版了第二本詩集《秋興》，校外《風燈詩刊》……壇上站立並領有一席之地，整個……

三月九日，搭乘小飛機要飛往金門，對十多年未出國、沒搭過飛機的我而言，應是十分興奮；但此時此刻，內心未有任何快意，反倒是充滿了一股淡淡的哀傷！因為十一日要參加金門縣政府植樹節並為紀念摯友——吳承明的「豆梨祭」植樹紀念會——

2

哎！轉眼都已是三十七年前的事了！我們剛從高師大畢業半年多，「把

11.

想想至今發生的事，不得不承認裡頭的對話有些沉重。最後「她」還問邵國盛是不是會回她臉書和簡訊，那些期待，現在都已變成無可挽回的絕望。原來如此，「她」會被捲進來，就是因為這番對話吧？邵國盛消失後，「她」就開始調查發生在邵國盛身上的事……不，說到底，要是當初靈感咖啡的照片沒有留下來，「她」就不會看到，也不會有現在這些事發生。

邵國盛說著要保護「她」，卻留下了足以讓「她」陷入危險的線索。這有道理嗎？我不禁冷笑。邵國盛好歹有陰陽眼，能做些什麼，「她」卻只是普通人，遇上傷害邵國盛的宏大力量，唯一的命運只有死。某種意義上，「她」是被邵國盛害死的。

且不說這些，邵國盛說他把照片放在買木吉他的店裡，這是下一個線索嗎？但誰知道邵國盛在哪裡買木吉他的？「圓點 Chance」的團員知道，但難道真的要去聯絡他們？面對「她」，這些團員可能會回答，但其他不真正認識邵國盛的人呢？

我嘆了口氣，這比我想的麻煩許多。

其實也不是完全沒有解決辦法。只要打電話給頂頭上司，他們應該能動用關係調查到，只是不到緊要關頭，我不想這麼做。與其如此，不如明天到永樂座等其他玩家，順便討論一番——那時我還沒料到，居然連這個力都不必出，四月九日當天晚上十點時，玩家 X.Y. 在活動頁上留言。

順著《落日與煙》的交談，裡面暗示了一個地點。我在那個地點找到了一個相關的線索，因為需要器材才能解讀，所以我暫時把那個線索借回家了。明天我會把東西還回去。

子月見了這段話，問說：

所以把書買走的人是你？

X.Y. 說：

不是喔，我沒有買書，我是從書裡的交談找到下一個地點。我借走的是下一個地點的線索~~

我大感意外，X.Y. 是怎麼找到的？他總不可能在這麼短的時間內找到「圓

點Chance」的團員吧！凌晨三點三十三分，X.Y. 甚至在活動頁上公布他得到的線索；他貼了兩張照片，一張是「圓點Chance」的專輯封面，叫「給溫羅汀一道不一樣的光」——等等，這不就是那個公共藝術活動的名稱嗎？另一張照片是打開的CD盒，裡面有一張CD，還有一封信，從筆跡來看，顯然是邵國盛所寫。

> 吉他好朋友照片之外的另個線索。
> （大家都好不怕被雷XDD）
> 還回去的時候我會在這則動態底下留言。
> 希望不要再被拿走了XD

吉他好朋友——原來這就是邵國盛買吉他的地方！難怪X.Y. 說要借走，如

果CD是線索的一部分，又不能現場聽，確實只能借走了。我查了一下，吉他好朋友已算是溫羅汀的邊陲地帶，但在X.Y.將線索歸還前，去了也沒用。

我只能等。

四月十日下午快兩點時，X.Y.在該動態下留言：

已放回，所有內容都有備份，不怕被拿走。

我立刻前往「吉他好朋友」。那時我還沒發現，這場遊戲已經默默地改變了——X.Y.歸還線索時，說了一句「不怕被拿走」。在此之前，玩家們似乎為了讓其他玩家也能保有解謎的樂趣，就算透過筆記本交流，也對線索所在或內容隱諱地語帶保留。但從筆記本短暫失蹤，到現在甚至線索被買走，玩家們竟產生了前所未有的團結意識，開始分享資訊。

這將遊戲帶向了誰都預想不到的方向。

12.

不知道你是不是我想的那個人。

是也罷，不是也罷，但無論你是誰，我猜我都欠你一個解釋。

我向你提過那股令人不快的氣息，如果具現化來說的話，大概就是一團黑濁濁的空氣吧。

那東西令人厭惡，卻也令人麻木——在那東西的籠罩下，人會對人冷漠，人會自私自利，他人與公眾不再是值得一點關注的對象，自然也不存在關懷與同理。

這就是最近出現在溫羅汀一帶的東西。而其實我並不是第一次見到它。上一次這東西出現，是在兩年前的三月，你也記得吧，就是三一八那時候，氣息籠罩著，令人毛骨悚然，更令人毛骨悚然的是，這個氣息似乎是人為創造的。

到底怎麼回事？身為見得到這類物事的人，雖然習慣了這些不尋常，卻難以忽視這股氣息背後的若有所圖。是誰做的？對方又為什麼這麼做？但就算這樣想了，我也不知道該怎麼辦才好。

我原本不知道該怎麼辦才好，但我遇見了傅斯年的鬼魂（因為三二四後續，去了傅園）。我說過我看得見這類物事吧？總之，在傅園裡，傅斯年向我提到了那股黑氣，而且祂知道除去它的方法——就是藉由「殷海光先生的遺留物」。而我向祂借用了殷海光遺留的東西，使用力量消除這些黑氣，與之對抗。

那股力量是能夠轉移的，我將力量附在我的護身符上，利用力量淨化溫羅汀的黑濁氣息，而我也找到了散布氣息的可疑人士。

不過，老實說，這樣被動的消除氣息似乎也不是長久之計，有更適合的地方能讓力量發揮作用才是。與其棲宿在護身符裡，我曾想過不如轉移到石頭犬那裡，但也許石頭犬也不是最完美的地點，要能夠讓力量遍布溫羅汀的話，還有一處地方，僅管有一點猶豫，但我想那裡應該最適合才對。

我把地點的提示錄在這裡了。這是避免製造黑氣的人隨隨便便就能獲取訊息。如果是你的話，應該有辦法理解才是。

在「吉他好朋友」進門不遠的櫃子上，確實放著一個CD盒，打開來，CD與邵國盛的信都在裡面。我詳細閱讀，總算解開了一個連我自己都不明白的謎團。原來邵國盛會被牽扯進此事，是因為傅斯年；他也真可憐，要是沒有陰陽眼，或沒有關心三一八學運，就不會死了。三二四那天，警方將闖入行政院的學生拍肩勸離後，引起社會兩種不同的意見。傅斯年生前說過「我有一個請求，你今天晚上驅離學生時，不能流血，若有學生流血，我要跟你拚命」這段話，有人因此到傅園獻花，邵國盛也是那時去的吧？傅斯年也真是的，他一定知道風險，竟還讓活人去承擔，這不是太自私了？

邵國盛本想將「殷海光先生的遺留物」轉移到石頭犬，我知道在哪。那是九汴頭，瑠公圳與霧裡薛支圳極為罕見的遺址。邵國盛既然知道那裡，或許也已經明白瑠公圳的重要性；昨天，玩家「南瓜」也在筆記本上提到那個地方：

今天在大學公園旁邊的霧裡薛第二支圳找到那隻不會動的狗，不過附近沒找到其他可疑的東西，那隻狗因為在水道對面所以也沒辦法靠近檢查。

除了南瓜外，似乎還沒有其他玩家注意到最初張宛晴的夢的啟示。這也難怪，那實在太

dangerous

Dangerous

隱諱了。不過，邵國盛說有更好的地方，如果他真的注意到瑠公圳的重要性，那我大概也知道在哪，只是尚不確定具體的所在。說起來，那邊真的能找到適合的地方嗎？我很懷疑。

旁邊的CD，我沒打算聽。因為X.Y.在網路上公布了內容。裡面是一個音訊檔，是摩斯密碼；解碼後，得到「hexadecimal:818,819」這串文字。

「吉他好朋友」的牆上還釘著這張照片。

我並不意外，因為昨天除了Jedsid與X.Y.以外，還有「ㄍㄟㄎㄚㄆㄛ三人組」也到了這裡，他們沒有拿走照片，但將照片的內容手繪在筆記本上，所以我大概知道照片內容。雖然如此，實際看到照片，仍覺得「天啊，明知對方有危險，還在這麼近的距離拍下照片！」本來看《落日與煙》筆談，還以為是遠遠地拍，誰知竟拍得如此清楚！居然冒這種險……邵國盛，真是比我當初想的還要勇敢。

稍晚到永樂座，發現維吉尼亞已經回應了。她看到「ㄍㄟㄎㄚㄆㄛ三人組」的畫，說：

我看過那張照片，我好像還有實際遇到過照片裡的人，但是在哪裡以及什麼時候，我想不起來了……

看來她的記憶尚未恢復。要是把「吉他好朋友」的照片直接夾到筆記本中，是否會讓她更快回想起來呢？但有一點，我有些不解。如果她已經在「吉他好朋友」看過照片與邵國盛的信，為何沒將那些東西帶走？畢竟，那是好友的遺物，不該流落在外。但這不值得深究。既然遊戲主辦人能找到邵國盛遺留下來的歌詞，那要把「她」拿走的東西擺回原處，也不算困難，靈感咖啡的照片便是如此。再度強調，像遊戲主辦人這樣私自將他人的物品拿來當遊戲線索，最差勁了。

事到如今，我已大概摸清遊戲主辦人的目的。他說「拯救書中人，拯救溫羅汀」，雖然手段還不具體，但要怎麼拯救，我大概猜得到。總之，那是絕不能讓他得逞的事。但該怎麼阻止？現在，遊戲玩家都如此信賴主辦人給出的情報，要操縱他們，對遊戲主辦人來說絕不困難，但我能做什麼呢？

身為玩家，我還沒有足夠的力量推動遊戲走向。我現在能想到的，也只有找到主辦人，當面阻止他。但若主辦人真的是我們長久以來無名無影的敵人，那要找到他，難如登天。

……我該怎麼辦？

四月十一日這天，因為大雨，幾乎沒什麼人來永樂座留言。但筆記本上默默出現兩行大字：「花開了，要開始了。」沒有署名。

第三章　玩家間的戰爭

1.

黃采吟您好，

請問是您將指定閱讀忘在殷海光故居嗎？

殷夏君璐女士託我向您問好。

余青西

四月十二日傍晚，我到永樂座，猛然看到上面這段留言，大吃一驚。

黃采吟！為何忽然有人提到這名字？

我連忙坐下，詳細閱讀之前的玩家留言，但沒人提到這名字。前兩天的大雨讓玩家都不太來永樂座，也不太行動了，更前面的留言，我也自信已認真讀過。那為何會忽然有人提到黃采吟？更讓我毛骨悚然的是「殷夏君璐女士託我向您問好」。

殷夏君璐是殷海光的妻子，但她已經過世了啊！雖說死人向死人問好並不奇怪，但余青西怎麼可能受到殷夏君璐請託？不可能！他為何這樣說？這段留言詭異到讓我起了一身雞皮疙瘩。還是說，他是遊戲劇情的一部分？但我不懂這透露了什麼線索，而且指定閱讀是什麼意思？

我想去殷海光故居，但昨天活動頁才說，今天殷海光故居有私人活動，不對外開放，去了也沒用。正這麼想著，有位玩家進來。我跟他照過幾次面，知道他是D.A.。

「K.P，你看過今天的留言了嗎？」D.A. 有些興奮地問。

「看了。我看不懂，莫名其妙的。」我誠實地說。

「莫名其妙？你說哪段留言？」

「就是那個余青西的留言啊。」

「余青西？我還沒見過這個留言，幾點留的啊？我不是說那個，是說——」D.A. 邊說邊走到筆記本旁，然後我就見到了有生之年最戲劇性的變臉，比川劇的變臉還讓人印象深刻。

「留言不見了！」D.A. 震驚地說。

「嗯？什麼留言？」他的表情讓我感到事態嚴重，也不禁緊張了起來。

「維吉尼亞的留言不見了！」D.A. 翻著筆記本，像是要找出失蹤的留言，卻徒勞無功；他說：「我中午來過，那時維吉尼亞有個委託，但現在委託不見了！」

「委託？」我大吃一驚，連忙問：「等一下，什麼委託？」

「等一下。」D.A. 在放筆記本的桌子邊來回踱步，焦慮地思考著：「我中午還有看到，這個叫余青西的人一定也有看到，但下面留言的蔚藍就沒看到了，所以蔚藍的留言才沒提到女書店之類的……蔚藍是在 14:54 留言，這是寫完留言的時間，所以他來的時間大概是 14:30，留言一定是在 14:30 以前被撕走的。」

他說的是余青西之後的留言，蔚藍針對「818」、「819」進行推理。但我還是狀況外，不禁翻了白眼，問：「你到底在說什麼？」難道他沒看到眼前有個需要說明的人嗎？

似乎看我不滿，D.A. 冷靜了下來。

「其實是這樣，維吉尼亞昨天不是說過，她去上班的路上會經過魚木嗎？今天中午我就看到她說，這讓她回想起來，她是在『女書店』上班，『女書店』的老闆一定知道她是誰，如果能知道自己的名字，她一定會想起更多；而且她有個東西寄放在老闆那邊，說不定也是線索。」

聽 **D.A.** 這麼說，我不禁緊張起來，如果他說的是真的，那這段消失的留言當真極為重要。我連忙問：「那你有去『女書店』了嗎？問到維吉尼亞的名字了？」

「嗯，她叫『黃采吟』。」

我吸了口氣。

果然如此。沒什麼好意外的，我不是一直都有預感嗎？維吉尼亞就是「她」，就是「黃采吟」，我早就知道，至少遊戲主辦人是這麼設定的。但親耳聽到這個訊息成為遊戲的一部分，心裡還是受到了一些衝擊，同時，過去感到微微被遊戲主辦人冒犯的情緒又被挑起了。

但我靜下心，忽然理解 **D.A.** 剛剛那番話的意思。

「喔！所以你才說余青西一定看過那段留言，因為他知道黃采吟這個名字。」

「是啊，不過指定閱讀是怎麼回事？殷海光故居本來今天會開，但官方也說今天有事不開放，前幾天殷海光故居也沒開，余青西是怎麼知道有什麼指定閱讀的？」

天曉得。事實上，余青西刻意用了水性毛筆字，似乎是想隱藏筆跡。我忽然靈機一動：「**D.A.**，你覺得拿走維吉尼亞留言的人，跟之前買走《落日與煙》的是同一個人嗎？」

「我不知道……不過我要再去一趟女書店，怕那邊的線索也被拿走了。」

D.A. 拿出筆，在筆記本寫下留言：

太可怕了，我中午來時，有看到維吉尼亞的求救，說她還記得自己工作的地方，就在女書店，她說店長可能記得她的事，像是她一直想不起來的名字，而且她好像有某個線索留在女書店。

但是!!我中午看到這個消息，可是我剛剛來看（18點），維吉尼亞的求救頁居然消失了!!到底是誰拿走那一頁？

所以我決定把這件事記下來，接下來我就要去女書店了，希望不會太遲！顯然有人不希望她得救!!

「我跟你一起去。」我說。

2.

女書店離永樂座不遠，就在接近新生南路側的「女巫店」二樓。入口樓梯旁貼著一幅女性頭像的剪影，走上二樓左轉，就是女書店。這是一家以女性主義為主題的書店，這點我也略有所聞。到了樓下，我忽然後悔了，跟 D.A. 說：「你上去就好了，我在這裡等你。」

「為什麼？都已經來了。」D.A. 一臉困惑。

我不太想解釋，就只是聳聳肩，D.A. 揚起眉，自己上去了。我靠著女巫店旁貼著海報的牆等他。這是黃采吟工作過的地方，要是上去看了，恐怕我會更加後悔……我不希望那樣。要是我再鐵石心腸一點就好了。

一會兒後，D.A. 下來。

「怎麼樣？」我問。

「線索還在。但為了保險，等一下我要回永樂座，把線索抄上去。」

「喔，好啊，但線索是什麼？」

「是一個密碼。」D.A. 拿出手機：「我剛剛拍照存證了。」

他把照片給我看。

又是密碼。我嘆了口氣。

3.

回永樂座的路上，D.A. 沉默不語，表情也有些沉重。或許是留言被偷的事讓他心煩吧？我能理解，明知有惡意在那裡，卻不知其真面目，誰也不會感到輕鬆舒適。我對遊戲主辦人的心情也是如此。但當 D.A. 開口，他說的話卻在我意料之外。

「其實我沒想到，維吉尼亞在現實中竟真的有個對應的身份。」

「什麼意思？」

「剛剛女書店的老闆問我，為何我們要找黃采吟，我不知該怎麼解釋。要說是因為一場遊戲嗎？而且老闆還跟我說，黃采吟一直沒聯絡，要是我知道她在哪裡，希望我能告訴她。我總不能說，她被關在一個筆記本中。她看起來是真的擔心黃采吟……我是說維吉尼亞，看起來很真實，彷彿真的有黃采吟這個人。」

我心中一驚，這才想起我與玩家們的立場不同，我早就知道黃采吟發生了什麼事，但對玩家來說，這等於是虛擬人物變成真實人物的瞬間；我說：「這就是遊戲設計啊，厲害的遊戲設計就是這樣。」

「但女書店老闆不是哪裡請來的工作人員，是真有其人啊！」

「h*Ours 的老闆不也真有其人？」

「話是這麼說沒錯，不過我沒進 h*Ours……因為那時大家已經知道邵國盛的事了。沒當面問到，感觸就沒這麼深。」

「不然呢？難道你要說，這其實不是遊戲，是現實？」

我用挑戰的口吻。D.A. 露出困擾的表情，尷尬地笑：「我當然不會這麼想。要說這些都是現實，也太離譜了。」

「對吧？」我聳了聳肩，卻暗自捏了一把冷汗。我早就料到這一刻了。不斷暗示這一切都有真實性，在玩家因遊戲而鬆懈時，忽然赤裸裸地面對真實故事，正是遊戲主辦人的目的之一。現在 D.A. 有了這樣的感觸，那其他人呢？

真傻，這些玩家。要幸福很簡單啊，就是把不在乎的事都當成虛構。把所有會傷害到自己的事，都當成某一群人的陰謀騙局，如此一來就能幸福了。這世上，終究只有自己才是重要的。

回到永樂座後，D.A. 把密碼抄在筆記本上。這時，一位看起來像高中生的瘦弱少年走進來，D.A. 向他打招呼，我才知道他是另一位玩家，折衷。D.A. 將維吉尼亞留言失蹤的事告訴他，折衷大吃一驚：「咦？不會吧……」

接著折衷說了一件事，事件忽然有了推理小說般的轉折。

4.

「我中午跟社團認識的人來過，有看到維吉尼亞的留言，我們就一起去了女書店。兩點時，我有再過來一趟，留言還在，而且還沒有余青西的留言。」

「兩點嗎？蔚藍來永樂座的時間，我猜是兩點半，那時留言應該就不見了。」D.A. 說。也就是說，留言是在短短的半小時之內被拿走的？這時我心中浮現了一個人選——余青西。且不論其他，光留言內容就夠可疑了；而且有親自到現場的玩家就知道，來到永樂座既要看之前的留言，又要寫字，半小時稱不上寬裕，余青西是這短短半小時內唯一留言的玩家，自然也是偷走維吉尼亞留言的首要人選。

D.A. 和折衷似乎也在想這件事，折衷有些猶豫地說：「其實，我在社團認識的那個人說過，他要去殷海光故居。」

「但殷海光故居今天不是不開放？」我說。

「對啊，余青西也提到殷海光故居，所以我想到他。」

「但這算不上證據吧？也許他只是沒關注官網，不知道今天沒開放。」

「不只這樣，他離開時，有說他要去印東西。我在想會不會就是那個『指定閱讀』，就是殷海光的〈人生的意義〉。」

「〈人生的意義〉？」D.A. 有些困惑。

折衷從筆記本旁拿起幾張像是講義般的紙，標題寫著「殷海光《人生的意義》」，原來如此，我本來還以為是誰忘在這裡的東西，與遊戲無關。折衷說：「今天我第一次來，就已經看到這個了，還覺得莫名其妙。不過看余青西的留言，殷海光故居應該也會出現這樣的東西，我想，那個人如果本來只印一份，後來想到可以放在殷海光故居，就再去印了一份，並回來留下這段文字……也有這種可能。」

「原來如此。」D.A. 點點頭，看著筆記本說：「我也想過，余青西這段留言最詭異的地方，其實不是殷夏君璐女士跟他說話，而是他怎麼知道殷海光故居有『指定閱讀』；我們知道殷海光故居可能是遊戲的一環，是前天才從邵國盛留下的信得知的，但從那天開始，殷海光故居就一直沒開放，余青西不可能知道裡面有沒有『指定閱讀』。所以有兩個可能——一個是余青西會預言，能預知明天殷海光故居將出現『指定閱讀』，另一個可能，就是他自己拿去放的。若是後者，雖然有點跳躍，但你說要去印東西、又要去殷海光故居，顯然不知道今天殷海光故居不開放，吻合余青西的行動。」

「我怕是這樣。」折衷有些無奈。

「其實蔚藍也跟我說過，他懷疑某位玩家就是買走《落日與煙》的犯人。」D.A. 說。我和折衷都吃了一驚，這是怎麼回事？D.A. 說：「不過沒證據，他只是覺得那個人行蹤可疑，所以拍下那個人的照片。折衷，他就是你說在社團認識的人嗎？」

D.A. 給我們看了一張照片，我見過這位玩家，但沒談過話，折衷看了立刻點頭。我心中一驚，就這樣抓到犯人了？但新的疑問立時浮上：「所以他是犯人？但他為何要做這些事？」這些問題，D.A. 和折衷顯然也沒有答案。而且這些都只是猜測，不是證據，沒什麼意義。事實上，恐怕不可能得到證據，除非當面抓到。但犯人怎麼可能被當面抓到？又不是笨蛋。

折衷在筆記本上留言：

為了怕對方又把我們的留言帶走，我先拍照留證。

D.A. 也跟著拍了照。前天 X.Y. 才說過「備份」的事，今天就因這場意外顯得無比重要。

這天晚上，活動頁將留言失蹤一事公告給玩家，並建議「盡可能拍照存證，要是發現有留言消失，就上傳到粉絲頁。」

玩家為線索失蹤一事沸騰了，有人用黑色毛筆字在筆記本上大罵：

媽啦！線索又掛掉了！靠！你這混蛋

玩家紅椰也向破壞者喊話。

帶走訊息的人到底是誰？如果真的是我們的敵人，那要小心；如果是我們的朋友，很抱歉我只能說……SHAME ON YOU！

爭奪線索的對抗賽開始了。

5.

回到維吉尼亞帶來的訊息吧。

我還是叫她維吉尼亞。在有明確證據證明她是黃采吟本人，而不是遊戲主辦人的傀儡前，我不打算改變稱呼；得知自己的名字，維吉尼亞想起了許多事，甚至自己的出生地、學校……她還擔心自己失蹤後，家人一定很著急。

又是難以無視的真實性，遠遠超出遊戲本身需要。如果黃采吟沒死，是否也會說出同樣的話？不過，眼下還有更需要擔心的事。

但是我寫下自己曾在女書店打工的重要一頁，為什麼會被拿走？我在那頁寫下希望有人幫我去向店長問名字，以及我當初可能留下了什麼有關線索。（就是D.A.轉錄的那串密碼）拿走那頁，是為了不要讓人知道我的真名嗎？（可是余青西的留言已經告訴我了）還是不要讓人得到那串密碼？（那又是為什麼，按理密碼是無法解讀的，應該不可能事先根據其上的資訊決定要不要藏起它）又或是重點可能不是我的留言，而是背面被寫下了什麼撕去者不希望其他人看到的某種資訊？但因為無法成功塗改，所以乾脆整張拿走？不過這也都只是設想，不知道實際兇手是誰，難有定論。又或者紙上有什麼都不是重點，對方只是想以這種形式給我一點警告：我有辦法攔劫你的發言。——當然對此，我是不會認輸的。

當然，她不知道那位犯人或許已露出馬腳了。不過目前説某位玩家是「犯人」，也只是一種可能。對D.A.那樣的玩家來説，犯人只可能是玩家，確實我也不覺得這是遊戲主辦人的設計；但對我來説，想阻撓這場遊戲的人選，或許遠遠超出他們能夠想像的境界，因此D.A.和折衷的推論，我只當成參考。

接著維吉尼亞寫下她回想起「最後的記憶」：

我想起來了，在調查的最後，我遇到了危險。我那時被戴南瓜帽的人盯上，逃走的過程中突然感到頭昏眼花，身體使不上力，腳步也變慢。原本以為自己死定了，忽然聽到一個聲音（不知是男是女）說：「這邊」，之後就聽到邵的聲音，說：「謝謝你，觀音大士。欸，我就要你小心了。別怕，我會保護你。」這就是我最後的記憶了。

吼，現在想來，邵又說什麼「小心」之類的話，我明明很注意了（不然也不會發現南瓜帽盯上了我）我這還不是因為他，可惡邵國盛給我出來面對啦～～～（嗚～～）

所以從這段記憶看來，我應該是被南瓜帽逮到的前一刻，被邵和他找來的觀音大士（？？？？）救走了。（邵你何時和觀音變得這麼好？都不告訴我～）假使邵和觀音一起的話，我想他應該不會有什麼生命危險才是。（觀音感謝您～）

讀到這裡，我不禁想……這是真的嗎？我猜那位觀音大士是寶藏巖的觀音，本來邵國盛就跟寶藏巖有淵源，有陰陽眼的他，能看到神明也不奇怪。若是如此，或許邵國盛沒有被徹底消滅，而是被觀音大士救了？也因這樣的機緣，觀音大士再度救了黃采吟……

這不是完全不可能。那樣的話——

我心情不禁激動起來。

黃采吟真的還活著，只是被困在某個地方？她並沒有死？

6.

這裡是Sunny。沒想到這幾天沒親自過來，就錯過了看到維吉尼亞4/12留言的機會，幸好有看到的人把重要的訊息寫下來了。或是之後還是來得頻繁一點，多做些備份比較好，別讓妨礙者如意了。

看到這樣的事態發展，我想昨晚夢中人的說詞並不是憑空捏造的，而是正在發生的事實：那股黑氣正在影響人們，讓本來在關心的人變得冷漠，讓本來無敵意的人心生破壞之意……或許連我也是受到影響的人吧，才會認為只要遠遠地坐在電腦那一頭就好，只要等待夢中人出現告訴我下一步怎麼做就好。這樣豈不是停止了關心，停止了思考，停止了行動？如果再發生這樣的事，還請有在關注筆記本的人提醒我，還有一個人被困在這裡，需要我和更多人的幫助。要是因為我的不作為而讓她失去被救的機會，我會後悔的。

昨晚問了夢中人不少問題，他也向我傳達了重要的訊息，我就按照重要順序來說吧！

1、邵國盛從生物學上來說確實死了，但夢中人無法在此提出證據來證明，也不方便解釋自己是怎麼知道的，和自己有什麼特殊的力量（為了防範也能看到這本筆記本的敵方勢力），不過他確實不是以凡人的手段知道的。他所希望的是完成邵國盛並未完成的那件事——「拯救溫羅汀」。為了達到這個目的，他在現在世界的身份和此地的公共藝術活動有關（大概是指這個遊戲吧），也藉此說服了參與此公共藝術的人在「半城影展」（4/16晚上6:30，蟾蜍山底下的廣場）要播放的影片中揭露某個答案，這也是邵國盛在自己的行動過程中找到的答案。夢中人想請大家憑自己的判斷回答這個問題：「是什麼保護了煥民新村不被拆除？」

邵國盛所找到的是一個具有對抗冷漠力量的地方，也因而是個適合使用「殷海光的遺物」的地方。夢中人得出了和邵國盛相同的答案，但如果直接告訴大家他得出的答案的話，反而會減損筆記本的力量，所以希望大家能自己調查，回答與討論上述問題的答案。筆記本的力量正是由大家調查與討論所提供的（也因此封面隨著大家的幫助開花了！），關鍵的時刻就要到了，請繼續累積筆記本的力量吧！

2、妨礙勢力本身是無法破壞筆記本的，因為這本筆記本有掃除黑氣的力量，而且黑氣的力量對於逸出規格外的東西特別弱（例如說遊戲），所以無法直接硬碰硬。但是可以用黑氣影響人（如前所述），所以搞破壞的大概就是受黑氣影響的人吧！

3、夢中人和南瓜帽那個人是敵對關係，南瓜帽是妨礙勢力的末端執行者。這次溝通到這裡，就又被黑氣打斷了。希望這不會讓我被黑氣感染……也請參與的各位小心黑氣和被黑氣影響的人。

Sunny 4/13

唉。張宛晴啊張宛晴，我已經提醒過，不要單方面相信夢中人的話，看來你沒聽進去；執迷不悟，我也沒辦法了。

7.

目前遊戲有三條路線待解決。

一條是黃采吟留在女書店的密碼——為何她不直接告訴我們答案，原因是，她還沒想起來。每次聽到這種方便的說法，我都懷疑她的記憶是不是被遊戲主辦人控制了，為何就是有些事這麼剛好想不起來？

雖然我對這段密碼已有自己的想法，但暫且壓下不說。另一條是尚未找到解答的「hexadecimal:818,819」，雖然玩家做了各種推測，卻沒有肯定的答案。不過這組密語，是邵國盛屬意使用「殷海光的遺物」之地，或許不用急著解開，只要四月十六看了「半城影展」，自然就知道答案。

最後一條是殷海光故居，殷海光故居終於開放了。

我去的這天也下了雨——恐怕是四月以來最大的雨。故居也在溫州街區，但不在永樂座、女書店、雅博客、流浪ING的這一側，而在辛亥路的另一側。沿著溫州街走，跨越車水馬龍的辛亥路，途經福華會館，會在路的右側看到往左的指示，寫著殷海光故居「由此進」。

這一區都是低矮的日式建築，雖有石牆擋著望不進裡面，但看著建築屋頂也足以想像，這裡應該就是台大以前的教師宿舍吧？石牆間有一道凹進去的巷弄，底端那扇水藍色的門，就是殷海光故居。

故居展示著殷海光教授的文物，包括照片、書信手跡。牆上有一張格局表，說明各展室分別對應到何種起居空間。當初殷教授與其夫人夏君璐女士的臥房，如今貼著教授生平的年表。我在這串白色恐怖迫害言論自由的斑斑敍述環繞之下，發現了小冊子……而且旁邊還真的放了殷海光〈人生的意義〉。看來，D.A. 與折衷是說中了。

我翻開小冊子，裡頭寫著殷海光教授的故事。

8.

殷海光故居

夏君璐憂心忡忡地問：「信是誰寫的？」

她將信遞給丈夫殷海光。她沒見過這字跡，是以敏感了些。丈夫雖辭去臺大教職，趁了國家的意，但國家的監視還是沒絲毫放鬆，光是房子出去那條巷子，就常感到特務盯著。這讓她憂心，深怕一點小事都暗示著更糟的事態。

「嗯……不認識。」殷海光將信拆開，看了看署名，沉穩回應。內容十分簡潔，是用打字機印出的兩行英文：

Keep holding on.

We will come and help you in the short term.

——請撐著。我們會在近期內來幫你。

殷海光不解。

他是需要幫助。辭去教職後，他仍受到各種打壓，就算滿腦子的思想要抒發，蔣家政權仍用各種方式將他束縛起來。他想去美國，又遭受重重刁難。但他已經想盡辦法求助，苦無成果。他很懷疑，寫這封信的人到底能怎麼幫他？

信最後署名「S.S.」。只有縮寫，但殷海光回想與他通信過的人，都想不起對方身份。因為是以英文輸出，他本以為是西方人，但從簽名來看，似乎是日本人。真怪，他沒聽過這名字。

「沒事。跟那些特務無關，不用擔心。」殷海光安慰妻子。他常勉強自己保持開朗，這樣才能在艱苦中堅持，他不希望女兒成長於淒涼壓抑的環境。

來臺灣時，殷海光怎麼也沒想到會面臨這種處境。

過去，殷海光強硬的反共立場，使他獲得蔣家政權歡心，但他的自由思想終究看不慣蔣家獨裁，雙方嫌隙越來越大，蔣家政權也搞出各種小動作，檢查他的思想，限制他出版。其中最致命的打擊，就要數民國五十五年，教育部發公文要借調殷海光一事。

借調教育部，看起來很光榮，但殷海光明白，此舉只是要他離開臺大，好斷絕他對學生的影響力。熟悉對方思維的殷海光，寧願辭職也不接受借調，便在公文上寫自己打算隱居；辭職後，他也失去了經濟來源。

離譜的是，即使他辭職，國家還不容他拒絕，硬是要他接受公文的指示。這真是羞辱——這些人就像強姦人之後還硬要別人收錢，讓被害者幫忙粉飾他們的惡行——因此他拒絕接受。

此地不留人，自有留人處，他滿腔的思想要說，也未必要在這座島上說。但他想離開，國家卻不讓他走；這也是當然，像他這樣發言有影響力的人，與其縱虎歸山，不如關在籠裡。他要離開臺灣，已經是用盡人脈手段，學生、名流、國外友人，甚至規劃種種計畫，當真是殫精竭慮了，最後仍功敗垂成。他被迫成為象牙塔裡的哲學家，只能看著窗外的春夏秋冬，讓思緒都隨著落葉沉默，不知有沒有發芽的一天。

他不相信「S.S.」能幫上忙。

他不認識對方，甚至不知該如何聯絡，因此他將信塞入書堆，讓自己不去想它。也許這是某種陰謀，是某黨的陰謀，要讓他懷著希望，再給予絕望。長期的挫敗甚至讓他疑心生暗鬼。

幾個月後，夏君璐有事帶著女兒出門，殷海光獨自在家。他在寫作。被軟禁的期間，他有了完整的寫作計畫。雖然不知道有沒有機會出版，但他也沒別的事可做。

「殷先生。」

忽然身後傳來聲音。殷海光嚇了一跳，他回過頭，只見一名二十出頭的男子站在那裡，穿著普通，像是大學生。殷海光大為駭然。這人是怎麼進來的？他立刻彈起，心想這人八成是來暗殺自己的，幸好妻女不在。

「您別怕，殷先生。我是來幫助您的。」男子笑了笑：「我就是S.S.。」

殷海光沒說話，還是狐疑地瞪。

「您或許不信賴我，但我示範一下『我們是什麼人』後，您也許會比較相信我說的話。」

男子說著忽然消失。這太不可思議了，殷海光很瞭解自己的書房，這裡不可能有空間藏人！他半信半疑地上前兩步，四處張望。

「您不用找了。」男子的聲音傳來：「我還在這裡，只是您看不到。我也是這樣避開特務的。您放心，現在這個房子裡，無論發生什麼事，外面的人都不會知道。他們不會知道我來過，也不會知道我與您說過什麼。」

「你究竟是誰？」殷海光不敢置信地問。這太不科學了。

「我希望您瞭解，您正陷入某種危機。」男子再度現身，表情嚴肅：「當然，我知道您現在的處境可能很嚴苛，但國家不敢殺您，不敢擔這個惡名。可是您可能將死於某種Supernatural的暗殺，若是如此，國家既不會擔此惡名，又可以達到除掉您的目的。」

supernatural？殷海光本能地要反駁，畢竟這太不理性了。但眼見年輕人消失又出現，他竟看不出玄機。真正理性的人不會一味排斥、否定，所以他決定先聽聽對方想說什麼。

「……要喝些咖啡嗎？」

「好的。」

＊

「請你說明supernatural暗殺的事吧……我想先請教，你是日本人？」

殷海光啜了一口黑咖啡。

「不。但請恕我不公開私人情報。」

「當然，這是你的自由。只是那個署名讓我難免這麼想。」

「那個署名是有意義的。這也是我今天來的目的之一。」男子正襟危座：「我想先向殷先生您說明超自然暗殺的事。據我們所知，有個邪惡……不，其實也不能算是邪惡……總之，有某個力量將您視為眼中釘，因為蔣家一直不動手，它們按捺不住，想要動手了。」

「我不明白，你說要殺我的人，不是蔣家嗎？我倒不知道除了蔣家以外，還有人這麼恨我。」

「嚴格說起來不是人……先澄清一下，我是人，只是有一些自保的知識……但您說得對，那些東西並不是蔣家，只是它們殺你的原因，跟蔣家並不是毫無關係。」

殷海光沒說話，等他繼續說。

「那股力量……其實我們至今也沒完全瞭解它們。之所以說它們不是邪惡，是因為它們只是按照自己的本質行事。它們的本質就是一個趨同的世界，所有人都是同質的，但這種同質是透過排除異己，而排除異己的本質，則是來自冷漠，來自只在乎自己、對他人毫無興趣的疏離。」

殷海光心動一念。

「因為對他人的命運、處境毫不關心，所以非主流、少數者會被排除，成為邊緣人。不，成為邊緣人還不夠，他們會被獵殺。他們只能遁逃，別無選擇。那種力量最擅長的，就是誘使人們的心靈變得冷漠，以吻合它們的本性，這是令它們感到舒適的溫床。因此，若是有人始終能強而有力地反抗主流價值觀，就會成為它們的敵人。」

「……鞭子嗎？」

殷海光忽然開口。

「鞭子？」男子呆住。

「這世上有各形各色的大眾哲學，也有鞭子哲學。它們總是說，不能違背時代啦、要服從現實權威啦、要和別人同樂隊起舞啦……它們用鞭子，要將孤獨者趕進大眾裡面，逼迫他們說出自己不想說的話，變得跟大眾一樣。」殷海光握緊雙手，緩緩說：「如果你說的是真的……那我就明白了。這就是那些可怕行徑背後的原因。」

男子呆呆地看著他，點點頭：「原來有這種說法。是的，而且沒有什麼東西，是比集權、獨裁的政府更好的鞭子了。用國家的力量鞭打孤獨者，最為快速簡單。因此，那種力量很快就融合進政府裡。」

「他們合作了嗎？」

「不，是政府被單方面附身了。其實日據時代，它們也附身在總督府中，但因為某些原因，運作的效果不好。」

「蔣家不知道它們存在？」

「據我們所知是不知道。它們利用政府的空隙做了許多事，但並未現身。它們只是單方面利用政府。畢竟沒有哪個政權是永久的，但它們是半永久的，跟某個勢力合作太深入，反而不好。」

「聽起來該感到慶幸。如果蔣介石知道這種力量，並加以利用，天下真不知多少人會死於你所說的超自然暗殺。」

「這也不一定，因為它們會自己動手。」男子說：「事實上，當年傅斯年先生，就是死在它們手上。」

殷海光豁然站起。

「你說什麼！」

他想起傅斯年。十幾年前，傅斯年在議會裡腦溢血而死，他一直為之惋惜，原來不是自然死亡？殷海光心裡的憤怒湧上，頹然坐回椅上，拍著大腿說：「可是孟真先生與蔣介石有私交，蔣介石對他諸多容忍，真的有必要殺他嗎？」

「殷先生您想必明白，對單一的世界來說，自由是最大的敵人。傅斯年先生主張學術自由，而且在四六事件中，也對權力做出一定程度的反抗，這就是他被盯上的原因。這與蔣介石的意願無關，正因蔣介石不會殺傅斯年，它們才會主動出手。據我們所知，它們其實早就有殺害您的打算，但它們以為政府會逮捕您，才一直等待。可是現在等不下去了。」

原來那就是 supernatural 暗殺。如果因此而死，甚至不會被視為專制政權的罪惡。殷海光默然無語，心裡頭百感交集。片刻後，他說：「那麼，你打算怎麼幫我？」

「這就與『S.S.』有關了。」男子說：「我們希望殷先生能使用這個名號。」

「什麼意思？」

「這有些難以解釋，主要原因是，這並不是我們的發明。所謂的『S.S.』，可視為一種咒術，其功能是讓使用者避開特定超自然力量視線；最初的『S.S.』似乎是一個『共用筆名』，對讀者來說，只能認識到『共用筆名』的層級，卻無法認識到背後使用這個筆名的是哪些人，換言之，『S.S.』提供了咒術世界完美的匿名性。其實我們不確定是誰發明了這個咒術，但出於偶爾的機會，我們見到前一位使用者，並得到使用此一咒術的技巧，這就是我們能持續避開那種力量，採取隱密行動的原因。」

這些怪力亂神的東西，殷海光一時難以接受。

「就這麼容易？使用這個『筆名』，我就可以隱藏自己？」

「只對 supernatural 有效，如果蔣介石要對您做什麼，我們也沒辦法。」

「具體上該怎麼做？怎樣才算是使用？」

「平常簽名時用『S.S.』就好，但將來對外發表尖銳的言論，也必須使用『S.S.』，必須讓那些力量以為這些言論與『殷海光』無關，以為您已經沉寂了，避開它們的視線。」

「這樣我就能活下來。」

「至少不會死於它們的暗殺。因為您是『匿名』的，對它們來說，您無法被辨識。」

殷海光沉默不語。

當然，他不想死。或至少是這樣死。蔣家政權不想弄髒自己的手，不想落得警察國家的汙名，所以只敢迫害他，不敢真的殺他。如果被蔣家殺死就算了，至少那有價值，落實了他們的惡，但要是看起來像自然死亡，這有何意義？因此，殷海光不這麼希望。

經過幾分鐘的思索後，殷海光將他的答案告訴「S.S.」。他態度堅定，語氣也沒半點猶豫。

但他的回應出乎男子意料。

*

民國五十七年，殷海光來到傅園。這是傅斯年埋骨之處。

他知道有特務跟著自己，但他不在乎。從他確診罹癌後，已經過一段時日。他知道這是「那個力量」做的。最後，他仍是拒絕了「S.S.」的建議，將自己曝露在「那個力量」的視野裡。因為——

「我做不到。」那時殷海光是這麼說的。

「什麼意思？」男子意外地問。

「要是將來我對國家、對政府的批評，都只能透過『S.S.』這個匿名者，那我的話有何可信度，有何公信力？殷海光這三個字，有它的力量在，蔣介石不怕我，但怕殷海光三個字，我不會放棄『殷海光』的力量。」

「殷先生，您這麼想很可貴，因為您挺身面對權威，但現在您面對的是不知名、無法解釋、無法阻止的力量啊！」

「那我問你，極權專制的政體，跟這種力量有何不同？」

「這……」

「當然，他們不同。但他們相輔相成。如果說世界上需要有人去面對極權專制的政體，那當然也要有人挺身去面對那種力量。不是我急於送死，但這是關係到人的選擇，關係到我們去對抗某種力量的意志，我確實很痛苦，但我不打算認輸——正因為知道有這種力量存在，我才不想向它們屈服。」

男子不可思議地看著他。但殷海光眼中有著堅韌的意志，就像一把刀，他無法與之牴觸。男子苦笑：「……您這麼想，非常強悍，我自愧不如。但這個世界上，並非人人都有『殷海光』的力量，這種強悍真的是這個時代需要的嗎？」

「我明白。我並不是看不起匿名。我也明白，反抗精神同樣能存在於匿名之中，而且匿名是對抗權威的精妙手段，權威只能迫害實體，對於身份不明的匿名者，他們無可奈何。但你提到了時代，我只能說，正是時代迫使我做出了決定。」

「為什麼？」

「因為只有『殷海光』能代表殷海光。而且，這正是『殷海光』的價值，我沒有不善用它的理由。」殷海光嘆了口氣：「如果孟真先生還在世、如果雷震兄他們沒有入獄、如果自由思想沒被迫害到這種程度……我也許會為了活下去而接受。但若我選擇了匿名，『殷海光』便消失了，那誰還能為自由發聲？誰還能為殷海光發聲？所以不是我不想活，而是朝著自由前進的世界裡，沒有我逃避的餘地……朋友，正因為是這樣的時代啊！我殷海光別無選擇。如果你說的『S.S.』真的有用，雷震兄會比我更需要，你將這力量給他。」

男子聞言，沉默良久，最後露出苦笑。

「您知道嗎？其實我們已經跟雷先生談過了，他認為您比較需要。」

殷海光大笑出來。他很久沒像這樣笑了。

「這真是個悲慘的時代啊！光是要意志堅定地活著，就是這麼件痛苦的事。沉淪太容易，容易到令人憤怒。朋友，我不知道你們是誰，但若你們有匿名的力量，就請你們去做你們能做到的事吧。既然他們把我關在這個時代裡，那我至少有選擇的自由——所以我不會屈服。」

男子低頭，喝了一口黑咖啡。又酸又苦的味道，令他皺眉。他似乎不這麼喜歡這個西方飲品。

「我明白了。」男子低聲說：「這真是意想不到的答案，但我尊重您。殷先生，既然如此，希望您能接受一個禮物。」

「禮物？」

「您說我們可以做我們能做的事，但世上不只有一種價值，『S.S.』也不只是一個人，所以我無法保證能滿足您的期待。但就我個人而言，至少我能做到一件事。」

他走到殷海光身前，請殷海光伸出手，殷海光照辦了。男子喃喃唸著段咒語，接著握住殷海光的手，當他放開時，殷海光掌心竟發著微微的光。

「這是什麼？」殷海光驚訝地問。

「您可以照您的意願，將它轉移到任何一個隨身攜帶的東西上。」男子說：「剛才我說過，那種力量最擅長的，就是使人心變得冷漠。對我們來說，那就像是一種黑色的霧氣，但一般人看不到。長期浸淫在這種霧氣中，就會變得冷漠，而我剛剛送給您的禮物，就是能夠驅散黑氣的力量。至少在您身邊，不會出現因冷漠而遺棄您、驅趕您的人，您的學生不會輕易捨棄您，雖然效果有限，但對您來說，或許仍是必要的。」

殷海光心裡震動。他還沒想到這點，但如果他的學生也變得冷淡——他想起現在那些關心他，仍在幫助他的學生——若事情變成那樣，那是多可怕的事？他不禁毛骨悚然。

「謝謝你。我確實需要。」殷海光真心地說。

「其實您不用謝我。」男子說：「對我們來說，世上的一切，都有其精神性，或是形而上的根源。那種力量並不是惡，只是從自然發展中生出的事物，您所獲得的力量也是。如果您沒有下定決心對抗那種力量的話，這道光也無從產生。正因為您在單方面服從現實權威的世界裡選擇抵抗，這種抵抗足以成為別人的光，這就是剛才那道光的真面目。這是誕生於您的精神的力量。」

那就是殷海光從「S.S.」那裡得到的事物。不，應該說是殷海光透過「S.S.」之手創造出來的事物。

現在，殷海光對當初的決定並非毫不後悔。因為他患病之後，才感到自己滿腦子的思想還沒傾倒而出，他還年輕，身為一位哲學家，他的思想才正要成熟，才正要大放光明；即使無法出版，將來總有一天，他在思想上也能成為他人的光。

但那力量沒打算給他這麼多時間。他沒想到會這麼快。

「孟真先生，您或許不明白我身上發生了什麼事。某種意義上，我與您走上了同一條路，即使那不是我自己的選擇。」殷海光對著傅斯年的石棺，在心裡頭靜靜地說。

他不知道死後有沒有靈，不知道傅斯年能不能聽到他的聲音。但他來日無多，他不希望驅逐黑氣的光，會跟著自己的死一起消失。這確實是個黑暗的時代，但黑暗的時代裡總是有光，如果他死了，那光該到哪裡去？哪裡最需要這道光呢？

想都不用想。

他回到了他曾任教，卻被剝奪教育機會的臺大。

至少在學校裡，學術是需要自由的。不，不該這麼說。至少在學校裡，我們絕對不能喪失關懷，不能將「孤獨者」視為異端、嘲笑邊緣人，讓某種觀點驅逐其他觀點、某種意見驅逐其他意見。在學校裡，每個人都有選擇的權利，都有成為自己希望成為的人的自由，都有不被逼迫、服從於大眾的自由。

他將這些話告訴傅斯年，即使只是他單方面說。

「您曾在威權下保護了學生。如果將來政府又打算控制臺大，它能倖免於難嗎？孟真先生，如果您能保護這所學校的自由，那就好了。既然我無法看到未來，也許在這麼近的地方，您能夠看到，繼續保護學生們——」

「S.S.」曾說，他能隨自己的意願，將「光」轉移到其他東西上。現在在傅斯年的石棺前，殷海光將「光」轉移了進去。

他曾說過，自己是 Being ruggedly individualistic 的。是不屬於任何團體，任何團體也不要的人。他是「孤獨者」。

但也正因「孤獨」，他看見了「大眾」無法看見的世界。對這個黑暗的時代來說，他是孤獨的，是少數，也是邊陲；可是，他也是先進的，他站在這個世界裡，擁有不向世界屈服的力量。

像他這樣的人，或許不得不在黑暗的世界裡遁逃。但他不會永遠遁逃下去。他會站在那裡，成為一道光。那是一道沒有保險，也未必有價值的光，在冷漠無感的世界裡岌岌可危。

但它依然閃爍。

那就是所謂的——

「殷海光的遺留物」。

9.

我深深吸了口氣。

S.S.。

原來筆記本上出現過的那個名字，就是他們！其實小冊子裡還夾了當年殷海光收到的信，略為泛黃的信紙，上面用打字機打印了那兩行英文與「S.S.」的縮寫，正如那個年代的習慣，即使用打字機署名了，仍會手寫簽上自己的名字。那確實像是個日文名字。

「新日嵯峨子」。

還真是知道了很重要的事呢，我心想。但這麼一來，遊戲主辦人難道……

看向窗外，故居庭園有般教授手砌的石椅、水道，這個曾經在此勞動過的身影，已在言論不得伸張的抑鬱中逝去了。他確實留下了光；光也有繼承者。邵國盛、黃采吟……恐怕，不久之後也會出現新的繼承者吧？但無論如何，我不認為受到遊戲主辦人擺弄的那些「玩家」們，有資格繼承光。

其實我已知道該怎麼做。

看到余青西的留言後，我一直在想，他到底是什麼人？為何要這麼做？他冀望著什麼？我想知道他的真實身份，想知道他行動背後的具體理由——在這個過程中，我靈光一現，看見了結束這場鬧劇的途徑！

讓遊戲主辦人肆無忌憚地牽著大家鼻子走的時代，差不多該結束了。

在此之前，這場遊戲根本不算是遊戲。只會照著主辦人希望的方向前進的玩家算什麼玩家？他們才是「NPC」，是遊戲中可有可無的存在。現在，遊戲終於播放完片頭動畫，要正式開始了。因為這場遊戲真正的玩家，也就是我，要挑戰這場遊戲了——

我要在遊戲主辦人定下的時間前，早一步釋放維吉尼亞。

10.

在此之前，先說說那個「維吉尼亞密碼」的後續。

我這麼說，不只是因為那個密碼是維吉尼亞留下的，還因為那個密碼的加密方式，正是維吉尼亞密碼——最上面寫的「Vigenere」，就是提示加密方式。接下來，只要知道解碼原理就一點都不難，維基百科就查得到。

黃采吟提供了兩組加密後的文字：「JGCHEA」、「989-111-4795-52-3」，根據密鑰解碼後，便會得到「YABOOK」與「978-986-6663-49-9」。「YABOOK」是一間二手書店，「雅博客」，前幾天我要找《落日與煙》時，它也在我的名單上，因此一眼就看出來。至於後面那串數字，我猜是書籍的 ISBN 碼，因此便上全國新書資訊網，果然如我所料，查到一本名為《蕾蕾：天使的足跡》的書。

我在雅博客繞了一圈，才終於在親子書區找到這本書。和新書資訊網的登記不同，它的書名是《蕾蕾：一個永恆的天使》。那是一本關於早夭女兒的傷痛之書。

翻開，第一頁就見到如今已相當熟悉的黃采吟筆跡。

這本書是作為記錄、保存一些我得知的重要資訊。
之所以放在二手書店，是因為擔心這些資訊如果
留在身邊，可能就沒有任何傳遞出去的可能了。
因此選擇使用這形式保存，雖然不知道有誰
會看到，但至少有一絲傳達出去的希望。

我叫黃采吟，現在時間是2016年3月16日。
我的朋友被捲入了一件事情，現在他失蹤了。
至今約已經過了一個禮拜。

在他失蹤前，他正在調查一件發生在還羅汀
的「不好的事」。很可能他因此而遭遇了什麼危險。
這件「不好的事」是和超自然力量相關的。
我的這位朋友叫邵國盛，他有陰陽眼，
他看到還羅汀有一些不好的東西（可能是幽靈？）
在作怪，他驅除了他們，因此而被盯上。
（被實際的人類（應該是）盯上，這代表這一超自然的
事件中，也有人類的力量介入。）

現在他失蹤了，這表示被盯上的他，已經遭遇了
什麼不測。雖然他事前已經警告過我這事有危險，
我還是十分不願意止於單純接受他失蹤的事實。
我沿著他留下的線索，進行了一些調查。

時間是三月十六日，約莫一個月以前。維吉尼亞接續了失蹤的邵國盛的調查，並將她找到的資訊留存在這本二手書中。她這時已經有遭遇危險的預感了吧，因此不將線索保存在身邊，而選擇隱藏於人來人往這二手書店，因為這樣「至少有一絲傳達出去的可能。」

下一頁，她提到書林、唐山這類歷史悠久、從禁書時代就存在的獨立書店，黑氣無法進入，因此她將線索放在書林書店。這些話，應該是邵國盛跟她說的，在《落日與煙》中沒見到，或許他們之後還有進一步聯絡。書林啊……其實我不打算去，反正會有玩家將消息回報到筆記本，這也多虧當初買走《落日與煙》的人，讓玩家開始積極回報線索了。

但我沒想到那個「犯人」比我想得還要積極。

這天，有不知為何未署名的玩家說：

我將維吉尼亞密碼解開了
可是書不在那間店裡

底下 X.Y. 回應：

可以補一下時間嗎？我昨天還有看到喔。 4/13 1345

蔚藍追加說明：

4/13 18:00

還有看到書喔

看來只是這位玩家沒有找到書而已。但下一頁，X.Y. 留言表示：

To 維吉尼亞＝黃采吟

我解開女書店的密碼，也找到你留的訊息了。

順著訊息找下去，我發現了一章南瓜帽清晰的背面照，但除此之外就沒有其他線索了。

你有再想起些什麼嗎？需要我把照片給你看嗎？

看到這段話，維吉尼亞說「應該還有一個指示藏在照片後面」，但過了一天，玩家 Papaya 留言說：

照片後的線索好像被幹走了 囧 rz

Papaya 是遊戲中期才加入的玩家，他是紅椰的朋友，在紅椰的介紹之下參與遊戲。在維吉尼亞的求救留言消失後，他很擔心再有線索失蹤，幾乎每天中午都趁上班的午休時間來到永樂座拍照，保留最新進度。

看玩家這麼說，我不禁想，難道是那個余青西？坦白說，我有些惱怒。雖然阻撓遊戲是很好，但看了殷海光故居的小冊子，我發現有時小冊子會透露出一些我們不知道的事；有可能是遊戲主辦人想透過小冊子欺騙我們，但也可能是他不確定我們知道哪些、不知道哪些，或他覺得那些被我們知道也沒關係。無論如何，還是有看的價值，至於有沒有意義，以後自然會知道。所以，我對偷走線索的玩家感到不滿。

幸好當晚 Sunny 來了，她說她也到了書林，去看的時候，照片後面是有東西的。太好了，Sunny 說會更頻繁參與，多加備份，看來不是隨便說說。她真的派上用場了。Sunny 將線索的照片印出來，放在筆記本中，那是一張名片：

「流浪ing」旅遊書店。

我知道那裡。流浪ing藏身在溫州街區的轉角，也是這一帶很有特色的一家書店，販賣旅遊書，悠閒自在的氣氛我很喜歡。但看到線索過去時，它沒有開放。粉紅色的門扉緊掩，對外拉下的鐵門上繪製著七大洲的世界地圖。

事實上，接下來連續好幾天，這間書店都沒有營業。因此我看到裡面的線索，已是幾天後的事了。

Papaya到書林看線索的時候，流浪ING的名片已經失蹤。他於是好奇：書林那張南瓜帽照片的背景是那裡？那時下著很大的午後雷陣雨，Papaya騎著車，繞了整個溫州街區，終於發現背景是「小聚場」，其位置就在流浪ING的斜對面。他猜想線索可能在小聚場，於是跑進去問，但小聚場兩點才開始營業，當時時間還沒到。Papaya這天的雨中探索因此沒有收穫。

11.

再來說說另一條線吧——hexadecimal:818,819。

蔚藍曾和另外兩個玩家子月、兑現有過討論，他將之紀錄在筆記本上。

若將 818,819 視為六位數，逗號是千位記號，則「818,819」有三種可能：

一、十六進位後的「c7e83」。

二、還原回十進位的「8488985」。

三、色票中對應的顏色：trendy green。

子月後來在筆記本上補充，「c7e83」雖像縮網址，但卻沒有相符的網站；trendy green 是橄欖綠，而加羅林魚木又被稱作山橄欖，因此合理推測「818,819」指向魚木，但這一推論無法說明 818,819 間的逗號。

Sunny 提到半城影展當天，就有玩家在活動頁貼上了「半城影展」的活動頁面，資訊如下：

■ 時間：4 月 16 日（六）晚上 6:30 開始
■ 地點：蟾蜍山廣場（台北市羅斯福路四段 119 巷 68 弄旁）
■ 開場表演：藝術家陳沛元 印度西塔琴 Live 演出
■ 放映影片：《山城台北》、《水城台北》
■ 座談主題：尋找水城台北能—城市記憶與台北水文
■ 與談人：Pinti Zheng & Nicholas Coulson（《山城台北》《水城台北》導演）

■主持人：王耿瑜（半城影展策展人、電影創作聯盟理事長）

■特別活動：藝術家陳沛元 印度西塔琴 Live 演出

Sunny 說，遊戲主辦人曾說服「半城影展」，讓展出的影片藏有線索。活動頁有兩部影片的介紹：

山城台北

台灣｜2014｜紀錄片｜彩色｜中文字幕｜21 分｜導演 Pinti Zheng & Nicholas Coulson

在台北城邊緣的山區，存在著多樣的生態環境：獨特的老社區、社會實驗的發生場域。在全球化，且越來越同質化的現代社會中，這些場域可以作為中介空間，給我們另類生活方式的線索。

煥民新村是獨特的歷史和建築瑰寶。由蟾蜍山腳下往上延伸，形成台北最後一座山區眷村。眷村是國共內戰後來台的外省士兵和眷屬搭建的老社群遺跡。由於當時國軍匆促遷台，難以安置突然湧入的上百萬外省移民，所以大部分的眷村聚落都是在山腳或河邊的畸零地上搭建而成的。

蟾蜍山聚落位於自然和都市叢林的間隙，是記錄著歷史湍流的文本。聚落還保存著特殊的社群生活方式，這在現代城市中，越來越難得一見了。2013 年，官方決定拆除煥民新村，這引發了一股山城保存運動。在運動如火如荼的進展中，我們決定趁這社區還存在時，去探索，記錄，與社群及運動作連結。

水城台北

台灣｜2014｜紀錄片｜彩色｜中文字幕｜14分｜導演 Pinti Zheng & Nicholas Coulson

「那時的台北，是水渠密佈，水田處處的台北。」這是舒國治在〈水城台北〉的文字。台北城折彎多曲的道路，正是昔日清流潺湲的遺跡。其中，瑠公圳串起的藍色水網，正是都市空間曾經的美麗記憶。這部十幾分鐘簡短的紀錄片，包含了居民及學者簡單的訪談，得以稍稍窺見以往台北生活中，水道及市民生活的緊密連結關係。

如果我沒猜錯，答案應該在《山城台北》中。

這時，玩家雖然有諸多猜測，但更多人恐怕是等著在四月十六日的「半城影展」上對答案吧？到了那天，遊戲主辦人肯定會對玩家下達進一步「指示」，那就太遲了。我不能等到那時。因此四月十四日晚上，我正式對這場遊戲宣戰。

12.

Dear all

好幾天沒來，看到封面的魚木開花了！還有前幾頁留下「花開了，要開始了」的留言，或許正確的時間點是現在才對……為什麼我會這麼說呢？其實就和台電北施工處的魚木上綁的紅線有關。

↑

這幾條紅線是我在寶藏巖的神桌下找到的，約莫幾週前，筆記本剛出現的時候，我夢見某種神祇（應是觀音大士）予我指示了紅線與寶藏巖和魚木的畫面，我去取來，也綁上了魚木（就是大家之前看到的那條＝＝）但毫無動靜。

我原本以為只是巧合，直到現在。

我無法百分之百確定紅線是綁在魚木上，是否和把維吉尼亞救出有關，但試試也不會造成太大損害……吧？我把紅線放在這裡，請大家幫個忙，希望一切順利

P.S. 偷線索的傢伙別再做蠢事了！

K.P. 2016.4.14

我將三條紅線帶到永樂座，並綁在筆記本的鐵環上，用箭頭標示。上面這番話，我沒有完全說真話——但至少我確定，只要綁上紅線，就能救出黃采吟，前提是她真的被困在某處。因為她被困在魚木，只是我個人推測，我也不確定是否有效；但考慮到這本筆記本與魚木的強大關聯性，我認為這個推想的正確率很高。

對我來說，這麼做是有一點風險的。

因為我曾接觸其他玩家，他們也把我當成普通玩家，現在我這番話，顯然不是一般玩家的發言，從現在開始，我與他們徹底不同，大概會被當成 NPC——但這正是我的目的。

這場遊戲難以應付，是因為真實會被當成虛構；但從之前的學長事件，我發現一件事，

那就是遊戲本身對「真正的虛構」反而毫無抵抗力。當學長提出自己的設定，一開始，玩家們是當真的，直到夢中人透過 Sunny 否定此事。但不是因為遊戲主辦人真能抵抗這些設定，而是學長的設定偏離這個故事太遠了。

相較之下，余青西直接對「黃采吟」說話，就確保是在「這個故事」中。我曾想過，為何余青西要說那番詭異的話？為何他要在殷海光故居放一份不屬於這場遊戲的假線索？雖然還不確定動機，但我想到一種可能。

他想把這場遊戲給奪過來。

以遊戲來說，這無疑是邪魔外道；但這是可行的。放入偽造的線索，以 NPC 的身份引導，就能促使玩家做出我希望的舉動。遊戲主辦人能怎麼辦呢？他要跳出來說「這是假的」嗎？這樣的話，我也可以把主辦人的主張當成是遊戲的一環來推展。更何況，他應該是極不願在這場遊戲中直接現身的。

余青西之所以失敗，是因為發言太可疑，而且早就被別的玩家懷疑了。但我不一樣。與遊戲主辦人類似，對此事知之甚詳，遠多於玩家的我，是更能操控遊戲走向的。雖然我早在四月五日便在魚木上綁了紅線，但黃采吟並未得到自由，這有兩個可能：第一，她並非被關在魚木中；第二，由我來綁無效，將黃采吟關進魚木的人或許有辦法防範我放出她。這樣的話，就只能由我以外的人來進行。

無論如何，我這樣寫後，遊戲主辦人不可能毫無反應。

寫完後，我站起身，打算離開。這時——

我感到強烈的毛骨悚然。

筆記本當著我的面翻開來，簡直就像有個透明人在那裡翻閱，接著在我留言的後一頁，紙上憑空浮現了文字。

不可能！

剛才明明還沒有這段文字的！這無疑是超自然力量，是「敵人」的力量！居然這樣當著我的面，毫不遮掩地展示自己？這樣極端的做法，遠遠在我意料之外。我連忙坐下，閱讀那段留言：

敬啟

我對前面那位的發言略有疑問。試問，若是觀音大士將維吉尼亞給保護著，那維吉尼亞只要讓觀音大士自己給放出來就好，為何還要假借大家之手進行？或許，現在維吉尼亞的狀態才是最安全的，試圖打破這個平衡，反而可以讓人有機可趁，花開或許是個好兆頭，但綁紅繩之舉我有不妙的預感，望大家三思。

操

署名是「操」。這個人之前留言過，原來他就是敵人！

我不禁冷笑，如果我現在就寫下「操不是人類，他的字跡是直接在我面前出現的」，又會如何呢？……不，不行。沒有別人看見，寫了也沒用。就算玩家相信，接下來的討論可能會被導向「操到底是什麼人」，我可不允許，接下來的重點只有一個：在魚木上綁紅線！既然對方已經毫不遮掩，就表示我的行動確實踩到了對方痛腳。我寫下：

這麼說，夢中人也是藉各位之手來找尋維吉尼亞的記憶，觀音大士可能也不能直接干涉……但是拯救維吉尼亞不就是拯救溫羅汀？維吉尼亞現在的狀態真的是好的!?她已經恢復記憶了呢？

總之，以下是我認為應該嘗試的理由：

1、時機的提示。

2、維吉尼亞的記憶看來已經回復了不少，不要再把她困在筆記本其中了吧？

我自認講得合情合理。現在維吉尼亞的狀態才是安全的？想盡辦法把她留在那個空間，才是居心叵測吧！而且「花開了，要開始了」也不是我寫的，當成是某種提示，豈不合理？如果不是那個意思，就去怪寫那兩行字的人吧！

「操」的字跡馬上浮現了。

承上

「恢復記憶」這件事本身，和「危機解除」沒有直接的關係，不如說，正是記憶恢復的現在，維吉尼亞才是最最危險的。她在那裡面，至少沒有人可以威脅她（我指生命），但一旦被放出來……

再，為何觀音大士不委託 Sunny？

Sunny 只夢到過夢中人，覺得她因此也能夢見觀音大士，也太跳痛了吧？全世界的神明都只能找同一個人託夢？但我不想與他爭論這點，便說：

真是個好問題，我也不知道。

不過一開始夢中人又說拯救維吉尼亞＝拯救溫羅汀……？或許維吉尼亞得要從筆記本脫身，才能和大家一起拯救這裡。何況現在大家都知道南瓜帽的存在了，早點阻止南瓜帽的陰謀才是吧！

對方馬上回應：

夢中人僅說是「恢復記憶」，而沒有「脫離筆記本」吧？

南瓜帽也許（但我幾乎肯定）就在你我之中，你能確定她出來真的能安全？

花開了也許還有其他的契機，總之在確定維吉尼亞安全之前，我不認為放維吉尼亞出來是 100% 的好主意。

不行。

這樣對話毫無意義。什麼叫確定維吉尼亞安全之前？要是永遠沒證據，是不是就永遠不放出來？或我提出一個證據，就說還是不夠安全？無論如何，對方顯然就打算緊咬著「不夠安全」不放，光靠這點，他能推遲玩家的行動一天是一天，反正就是要等四月十六日吧？但是我不允許。

我坐在筆記本前。在這段沉思的時間，對方是怎麼想的呢？他一定覺得自己勝利了吧。可我不是簡單放棄的人，尤其是在確定敵方的弱點後。我在筆記本上寫下：

維吉尼亞，你覺得呢？

黃采吟，我相信你。是你的話——如果是那個熱愛自由、不願屈服的你的話——一定想從那個空間中出來吧？

我緊盯著筆記本，確定敵人沒有繼續回應，才離開永樂座。

13.

如果是我的話，我不能馬上下判斷說綁上紅線就能讓我出來（畢竟沒有足夠的支持），出來之後會不會再次被襲擊也確實是另一個問題（我也不清楚外面的情況），但如果可以有所進展的話，也不失為一個嘗試（只是它目前仍是有著未知的風險的）。

因此，我希望交由各位來幫我定奪。

因為我現在的狀況，無法以行動來獲取更多資訊以下判斷。因此委託有行動力的各位來幫我決定這件事。出於先前的調查，我信賴你們的能力和意見，是以我希望能知道你們對此事的看法。我將自己解救與否這件事交付你們（一如我一直以來的請託）。

隔天，維吉尼亞的回應令我大失所望。

難道她不想出來嗎？我難以想像。一開始，她在那個空間中，不是孤獨無助嗎？難道現在是習慣了？她將選擇權交給其他玩家，結果也讓我無法樂觀。第一個回應的玩家是D.A.，他說：

就我個人而言，我傾向暫時不使用紅線，因為紅線想用時就可以用，如果維吉尼亞不安全了，就立刻用。

紅椰說：

我覺得應該等這本筆記本的力量夠大再去綁（也許開花之類的）。而且確切地點真的是魚木？如果錯了，或是有人在日月無光、月黑風高的夜晚跑去破壞又如何是好？

還有其他玩家表態，但都不支持綁紅線，事情走向我最不樂見的情況。子月說：

我覺得現在就投票統計似乎太過草率，應該等影展結束後，得知邵國盛的答案再來投票決定是否綁紅線。所以我覺得應該將投票統計時間延至 4/17 22:00 結束。

他的意見得到 papaya、X.Y. 的同意。真是氣人，如果黃采吟直接答應就好了，幹嘛投票啊？在這種小地方民主，根本沒意義啊！唉，臺灣就是太自由了。如果直接反駁，可能會有反效果，我只好暫時沉默。

14.

但玩家們的觀望態度，在揭露 818,819 的答案之後，有了改變。

其實四月十五日，PAPAYA 就忽然在筆記本上驚呼他已得知「Hex:818,819」的真相，但並未明講。奇怪，半城影展還有一天，他是怎麼知道答案的？

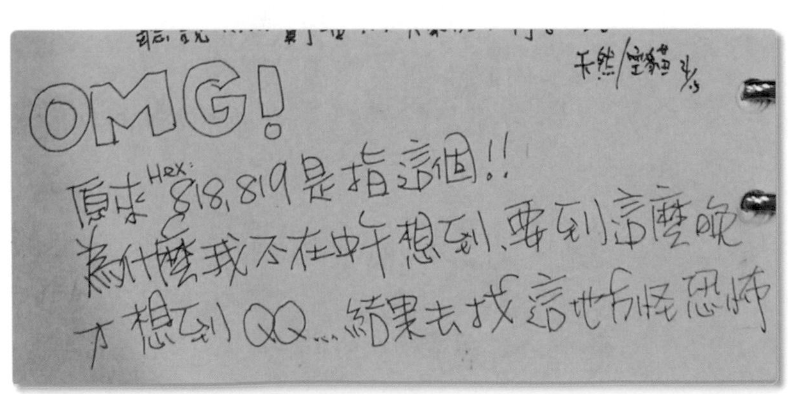

四月十六日當天，我大概在半城影展正要開始時到永樂座，驚訝地發現紅線不見了！這是怎麼回事？雖說要再拿紅線來不是問題，但肯定會讓我這位「NPC」變得更可疑。難道買走《落日與煙》的犯人再度出手？我連忙看筆記本，才大概瞭解是怎麼回事。

大約一小時前，X.Y. 才剛來過，並留下這番話：

Dear all

在半城影展之前，我已經在 youtube 上看過「山城台北」這部片了，非常好看，推薦。片中提到煥民新村不被拆除的原因是兩棵老樹，而老樹的樹牌編號，剛好就是 2072,2073，也就是十六進位 818,819 轉換成 10 進位之後的數值。換句話說，『自由之光』應該就要放到那兩棵老樹上。

再結合「流浪 ing 書店」的情報，和先前操與 K.P 的爭論，可以知道觀音沒有積極作為是有原因的，而把黃釆吟關起來也確實有保護意味。

原來「流浪 ing 書店」今天有營業，裡面到底寫了什麼，竟讓他這樣想？我有種被將了一軍的鬱結。誰知他繼續說：

剛好紅線有三條，我的猜想是，是否暗示要把紅線同時綁在魚木、2072,2073 這三棵樹上？

我同意綁在三棵樹上。

太好了！我忍不住心中歡喜，那就快綁啊！但他竟又寫：

P.S. 為免有人偷跑，我先把紅線保管到安全的地方。請大家相信我。4/17 晚上，我會把紅線拿回來。

我差點翻桌，或是翻筆記本。一小段對話也能讓我這麼心情起伏，大概只有去年環球小姐頒獎出包能夠相提並論了。真可恨，這簡直就是強迫大家同意他們所訂下的投票截止時間嘛！難道就不能有哪個玩家不服他們的結論偷跑嗎？

事到如今，我開始思考是否要另想辦法。但不行。我跟操的爭論已經被這麼多玩家看到，他們一定把這當成是遊戲劇情的一部分。如果我另提方法，反會讓玩家抓不到重點，變得難以驅使。我必須堅持紅線這件事。

沒關係，不用擔心，誰也不知今天晚上會有什麼進展。還有機會。

比起這個，或許我應該到「流浪 ing 書店」看看，到底遊戲主辦人在那裡留下了什麼。

Papaya 當天從溫州街吃完飯回來後，突然想到：既然魚木是樹，該不會自由之光轉移的目標也是樹？因為影片裡也說到：就是那兩棵樹保護了煥民新村。他越想越覺得自己正在接近答案——兩棵樹，又緊鄰著彼此，豈不是恰巧符合 818,819 這兩個數字的暗示？Papaya 想到的瞬間，興奮地從床上跳起來：就是這個！他馬上告訴紅椰，但當時紅椰已經離開永樂座，Papaya 只好親自去確認。在大雨中，他獨自一人騎 Ubike 到煥民新村停車場，同時一邊傳訊息跟紅椰、X.Y. 說：「好恐怖好恐怖」。晚上的停車場真的很可怕，停車場的照明是感應式的，在人接近之時才會發光。而且這天晚上，Papaya 還觸犯了許多夜遊禁忌：抱括用手電筒照樹、對樹拍照……

15.

進到「流浪 ing 書店」裡，迎面便是擺放著許多明信片的櫃台上，上面同樣有三本小冊子。

我翻開小冊子。

流浪 ing 旅行書店

戴著南瓜裝飾帽子的女子離開「流浪 ing 旅行書店」。

這是一間專賣旅遊書的店，也出租旅遊書（畢竟有時只去某個國家這麼一次，買旅遊書有點不划算），也舉辦與旅行有關的講座、分享會，有時也接受旅遊方面的諮詢，像是怎麼買機票比較便宜。

其實女子有點不想來。她喜歡單純的任務。在溫羅汀散布黑氣，不用與任何人接觸，多麼簡單舒適？對她來說，這樣頻繁與人們接觸太麻煩了；但她不是人類，只是某種超自然存在偽造出來的人形介面，雖能做到簡單的物理接觸，但長久行動對它們來說是巨大的消耗。就像游泳，水的阻力會讓人疲倦。

所以對它們來說，「群眾」是好東西。「人」就像交通工具，只要用語言、思想來影響，就會產生推進力，讓它們跨越自身的極限，走向更遠之處。這就是為何她要來「流浪 ing 旅行書店」諮詢旅遊。

因為它們無法離開臺灣這座小島。

女子在溫羅汀散布黑氣時，第一次看到這家店。在瞭解這家店後，她不禁興起了羨慕之心；身為人形介面，她是出不了國的，但她具有某些人類特質，使她羨慕能出國的人（這也是她不想來的一個原因，會令她意識到自己無法出國享受渡假生活的事實）。但意識到有出國的需要時，她想到了這間店。

它們有需要帶出國的東西。

雖然嚴格上說起來，並不是女子的錯，但現在情況變得比預期還糟，確實與她的失誤有關。上個月時，她殺了一名叫「邵國盛」的男子，因為邵國盛妨礙它們在溫羅汀散布自身的影響力，這時它們犯了第一個錯——它們沒有先理清邵國盛是怎麼做的。

它們根本沒想到，那竟是「自由之光」。

其實「自由之光」不是罕見的事物，早在戒嚴時代，就有書店堅持擺出被禁刊物，像唐山書店，還有過去在臺大外圍，現已不存的香草山書屋等。真麻煩。像這種有自己特色，不服膺於流俗的主體，往往能散發出自由之光，像這種地方，它們不能侵入，只能用黑氣影響他人，來對這些主體產生威脅。但邵國盛所持有的自由之光十分強力，比那些獨立店家更強，而且要對付那些獨立店家，可以用黑氣影響他人，進而迫害，但像這樣落在某人手中，單獨存在的自由之光，要迫害就比較難了，也無法以黑氣影響。這也是為何對它們來說，直接殺害會方便許多的原因（但不是沒有代價的，真希望下次殺人是一年後的事，她想）。

可是現在事情更棘手了。

因為「自由之光」被轉到了「某物」上。既然不是人類，要迫害就更加困難，但若是放著不管，那東西位於溫羅汀，多多少少還是會清除它們創造出來的黑氣，對計畫造成影響，這就不是它們所願。這就是它們犯的錯，如果早知是自由之光，它們就該更謹慎！現在女子雖殺了邵國盛，卻等於是白殺了（可以的話她還是不想殺人，人類畢竟是與它們性質最相容的載體，某種意義上，它們愛著人類，像人類愛自己的床）。

它們無法清除「自由之光」，也無法轉移，就算能觸碰，也只是物理性的。而且出現在這種無意識載體上還能發光，也是前所未有的情況；本來，「自由之光」就算依附在無意識物體上，也不會發光，只有人類的意識能使其發光，所以「那東西」的狀況讓它們感到特別棘手，沒有先例，它們也不知道該怎麼對付，又不能放著不管，最後決定想辦法將「那東西」砍倒，如果之後「那東西」仍會發光，就將它運到國外去。遺憾的是，「那東西」似乎成為某個公共藝術活動（又是令人煩躁的東西）的展示品，一時間動它不得。

但它們不會停下腳步。它們總是不知何時該停。其實女子對把「那東西」送出國是有些懷疑的，難道沒有消滅自由之光的更好方式？在送出國之前，難道不該先調查一下，為何無意識的東西能發出「自由之光」嗎？但它們根本不在乎。女子心想，如果它們總有一日會滅絕，八成就是因為這種「本性」吧……

雖然只要寄宿在人心裡，它們就沒有滅絕的一日。

女子到「流浪 ing 旅行書店」諮詢，就是要摸清楚將「那東西」送到哪裡最好、最無後患。她無法出國，諮詢對她來說也是嶄新的經驗，而且她心裡有些小小惡意——在溫羅汀諮詢，讓溫羅汀的獨立店家無意間幫忙散布黑氣——沒有比這個更諷刺的事了。

她離開書店，有些心不在焉，心裡盤算著最近的種種不順，朝羅斯福路的方向走，接著

———

她猛然回頭。

一名綁著馬尾的女性對上她的視線，嚇了一跳，快速轉身離開。這人剛剛就在看自己，

女子想，但為什麼？她瞥見對方還沒完全藏起的手機畫面——因為急著離開，一時慌了手腳，竟沒退出拍照模式的畫面——

這人拍了自己的照片。

為什麼？

女子拿起手機，迅速跟上，在轉角處拍了對方背影。她沒追上去問，對方也不見得說真話，而且才剛殺了人，她對激烈手段有些倦怠。她撥打一個不該存在的號碼。

「請說。」

「有人偷拍我，我也不知道原因。」女子說：「我傳照片過去，你們調查一下。」

「好。你被什麼盯上的？最近你運氣不好呢。」

女子不耐地說：「『我們』都運氣不好。聽著，我懷疑事情不單純，這事會不會跟那個外來的仙人有關？」

她忽然說出意料之外的詞。仙人？這麼古老的用語，竟出自她之口。但她說的仙人真的存在，或是說，滿天神佛都是存在的，只是——

全都在它們的監視下。

對舊時代的人們來說，大概很難想像，現在臺灣的神明，就像活在處在警察國家的控制之下。這本來不該發生的，但無數偶然的小事串在一起，居然帶給了它們如此龐大的權力！

對它們來說，這樣的權力來自五零年代。那時，國民政府以圓山與蟾蜍山作為兩大據點，建立起守護臺海領空的龐大體系，韓戰之後，政府極力爭取美援，從美國那裡得到取多幫助，而其中一個項目是軍事上的合作，美軍十三航空隊在蟾蜍山附近成立「台北通訊站」（現在的臺大管理學院，臺大藝文中心則是當時美軍的教堂），將防空通信設施集中於蟾蜍山密密麻麻的坑道內，設立「聯合作戰中心」。之後，蟾蜍山便成為身兼軍防、民防的防空中樞。這不過是人世間的平凡小事而已。

但政府不知道，蟾蜍山過去曾是「精怪」。

不，不能說曾是。蟾蜍山現在也還活著！只是不知為何，牠被某種道術束縛，化為山石，更奇怪的是，牠吸取日月精華而得的力量，在道術的控制下，順著瑠公圳水利組合流出，帶動瑠公圳週邊的生命力。但現在，蟾蜍山內布滿了種種防空軍用設施，整理全臺灣的雷達資料，每日每夜，都有無數的「情報」在蟾蜍精體內流動，這種情況與道術彼此影響，居然將「情報」也編進蟾蜍精的妖怪特質之中，蟾蜍精竟成為全臺灣的防空監視網的化身！

它們的本質，本來就很容易與政治權力結合。雖然政府利用蟾蜍山只是無心之舉，但對能與超自然界互動的它們來說，卻等於無意間收到一份大禮；蟾蜍山被軍方控制，它們的影響力也順著軍方，進一步掌握蟾蜍精本身。這與蟾蜍精本身的意志無關，它們只是將蟾蜍精當工具，利用蟾蜍山坑道裡的軍用設施，將雷達資訊轉為監視以神明為主的超自然力量動向。

在過去，神明也是想盡辦法要消滅它們，雖然沒有成功，但要是有一天被祂們找到方法了呢？它們很清楚，要自保，就要控制神明。在這股力量的監視下，臺灣神明有任何違反它們意志的舉動，它們都能察知，並動用政府的力量去壓迫廟宇。

這對神明來說，真是一種羞辱。但形勢比人強，久而久之，神明不得不在它們的世界裡噤聲，就算有所抵抗，也多半用極為迂迴的方式，避免直接讓它們察覺敵意。這是自它們誕生以來從未踏入的領域！它們獲得了前所未有的權力，猶不滿足，甚至透過政府陸續將　公圳封起來，好減少蟾蜍的妖力散失，現在在溫羅汀一帶，也只剩下九汴頭還在了。

它們幾乎是沒有天敵了。本來神明就沒有徹底消滅它們的手段，現在更難以動搖它們。

但幾個月前，雷達偵測到有神明在溫羅汀一帶活動。這不尋常，因為在此地有廟宇的神明都在它們的掌握之中，換言之，這位神明是「外來者」。雖然它們很快就發現這位神明到來，但那個神明很小心，很快就躲藏起來，直到現在，它們也還沒發現祂的真面目。

它們並不擔心，因為這位神明之所以能隱藏得這麼好，就表示祂幾乎沒辦法做任何事，頂多是像「人類」那樣，做些物理性的互動，就算動用神力，時間也極其有限。

但真面目不明，終究是芒刺在背。

「我殺了邵國盛，但邵國盛為何得到『自由之光』，難道與那位神明毫無關係？這些我們難道不該調查明白嗎？」女子問。

「不能完全排除這種可能，但如果有神明私藏『自由之光』，我們早該知道了。」

它說得沒錯。自由之光出現在有意識的個體上，便會發出光芒，對特別被監視的神明來說更是如此，在碰到的瞬間，就足以讓蟾蜍山監視網注意到。

「即使如此，溫羅汀的計畫並不順利，你們認為是巧合？」

對方沉默不語。

「你把照片傳來，我們會調查。」

女子聽它這麼說，便掛了電話，將照片傳過去。

但她沒意識到，這是一個重大的轉折。

雖然只是偶然，但如果她沒有急著拍對方照片，她便會發現自己將某些東西忘在「流浪ing旅行書店」裡了。那是一個南瓜小袋子，裡面裝著一個鈴鐺。

那是「它們」使用的東西，人類使用不得。因此，當她發現自己弄丟時，她也沒有急著找出來，更沒注意到這些東西因為找不到主人，暫時被擺在店裡當成擺飾。

就在這裡。

就被擺在這間店裡。

而現在，這東西或許會派上用場——

邵國盛怎麼得到「自由之光」，只要是遊戲玩家，都大概知道了。但這是怎樣？遊戲主辦人寫下這些，一副很了解南瓜帽的口吻，誰能這麼瞭解別人啊？難道沒人懷疑主辦人就是南瓜帽嗎？惱人的是，結尾雖說南瓜帽小袋子和鈴鐺可以「派上用場」，卻沒說明具體的使用方法。這故意留下的懸念，讓我覺得被挑釁了。

我伸手想拿袋子，但注意到店員望向我的眼神，覺得還是算了；如果我拿走這些，被店員指認，讓大家以為我是買走《落日與煙》的犯人，或那個余青西，就太丟臉了。雖然現在的我是「NPC」，就算拿走，玩家們也會覺得是劇情的一環，但這樣一來，我就必須做出解釋。

在想清楚要怎麼利用這兩個東西前，我還是別輕舉妄動。

但我怎麼也想不到，三個半小時後，永樂座裡，發生了一段我與遊戲主辦人都不能預料的轉折——晚上十點，D.A. 在筆記本寫下的留言，竟使那個不斷截走線索、讓玩家恨得牙癢癢的「犯人」不再是個問題。

16.

其實這事早在前天，也就是四月十四日便已埋下伏筆。

當天晚上九點半，有位叫明羽的玩家說有在殷海光故居見到黃采吟被偷走的求援留言，而且後面有 S.S. 的留言。當時我就感到奇怪，我也有去殷海光故居，怎沒見到那張留言？我留下請玩家綁紅線的訊息，就是在這張 ibon 明信片之後。本來我沒放心上，大概是人來人往的，就弄丟了吧？誰知隔天早上十一點，D.A. 居然在這張明信片底下留言：

那張在我這裡，但我懷疑其中有詐，見後↓

在 D.A. 那裡？黃采吟的留言？我有些意外，為何 D.A. 明明見到了，卻沒對任何人說，反而還拿走？隔幾頁，D.A. 在表達傾向暫時不使用紅線後，寫了以下文字：

另外我想補充一件事，其實明羽說維吉尼亞遺失的那一頁，我有發現被人放在殷海光故居，但發現時我毛骨悚然，因為後面多了S.S.的留言！合理地想，留言者應該是拿走留言的犯人，那犯人是S.S.嗎？我不認為，因為

（1）字跡與之前的S.S.不同；

（2）如果各位看過殷海光故居的故事，應當知道「S.S.」的特性便是「匿名性」，可是後面的留言看不出匿名的必要（這麼一想，S.S.最初的留言很有意思）

雖然我第一時間想把留言拿回來，向大家報告這件事，但我改變主意，因為我想到一件在意的事。

重要

在此我想請問各位：

除了我與明羽外，有任何人在殷海光故居看到失落的留言嗎？如果有，請回答你看到留言的想法，還有不把此事回報過來，與不歸還留言的理由。明羽，你也要回答。如果是過去從未在本筆記本上留言過的

To AM.

昨天在殷海光故居看到維吉尼亞失落的那頁訊息，後面有S.S.的留言，可惜今天再去看訊息已經不見了。

明羽

21:30

人，我不接受。只有曾經留言過的人才可信。我統計幾天，之後就會歸還筆記，並說明隱藏的理由。

怪了，D.A. 前面的留言態度還很溫和，寫到這一段，忽然變得帶有攻擊性。而且他為何問這些問題？針對 D.A. 的質問，明羽在下午四點作出回應：

就殷與夏的經歷，我們可以得知 S.S. 並非一人，而是新日嵯峨子的共用筆名，不知您主張筆跡，又是掌握了什麼訊息？

我不在第一時間將筆記本放在永樂座，是基於路不拾遺原則。也在想是否 S.S. 已經以為永樂座有南瓜帽在偷看呢？我不認為 S.S. 是拿走筆記的人，反而是截獲，但於此也只是猜想，了無根據。

就「比較 S.S 的字跡」這點，我同意明羽的說法，那毫無意義。但 S.S. 為何要在背面留言……忽然，我靈光一動，隱約察覺到某種可能——我當然會察覺！明羽的說辭懷著某種意圖，雖然沒有明講，但他言下之意，肯定留言確實是 S.S. 所寫的，這很不尋常，因為一般來說，不是 S.S 的人也能署名 S.S，他卻對此毫無懷疑，他的說法讓人感到他希望別人相信某個版本。不是原先遊戲設計的版本。

那正是我昨天做的事。

所以，我能看穿他。明羽的發言，與佘青西有著相同的氣息。

但對「路不拾遺」這種說法，維吉尼亞感到不滿：

就算永樂座有南瓜帽，我本來就是冒著被知道的風險向大家求救的。那張筆記是公開優先於隱藏的資訊。就我來說，是希望被看到的。

有趣的是，隔了一天，別的玩家也挑釁明羽。像玩家臥江人寫「希望不是黑影的陰謀（但也許就是了吧？）」然後馬上寫「明羽是你嗎」，再將之劃掉。

其實臥江人就是蔚藍，他想要嘲諷明羽，所以特別換個名字。

Papaya 對明羽提出要使用「流浪 ing 書店」裡南瓜提袋與鈴鐺的說法，也直接嗆他：

You must be CRAZY，南瓜提袋和鈴鐺是南瓜帽使用的，你為什麼會這麼急著用它？疑似還知道要在哪裡使用它？

說得也是，不知為何，明羽一直很想使用那個南瓜提袋，明明他不知道那是什麼！一段時間沒來的小部在跟上狀況後，也語帶玄機地說：

大家要小心「做賊的喊抓賊」，友人說碰到某位「協助者」告訴他一堆拯救行動遭阻礙的狀況，還一再告誡他要小心（當然不排除朋友疑心過度啦，只是他一直覺得對方似乎「很高興」，嗯……）

這位「很高興」的人，大概就是明羽吧？事到如今，我大概明白了。先前蔚藍和D.A.私底下有傳他們懷疑是犯人者的照片，看來這張照片已經在玩家圈流傳開了——他們認為明羽就是犯人。

其實玩家們很早就鎖定了某位特定玩家，遇到機會便拿手機裡的照片出來彼此通報。維吉尼亞求救信失蹤的隔天，也就是四月十三日，蔚藍便把「可疑玩家」的照片拿給X.Y.看了。同一天，蔚藍也拿照片給D.A.。玩家們儼然已自主形成包圍網，只是沒有證據。

但那又如何？這些只是猜測，又沒證據。除了當面逮到外，幾乎不可能有證據；玩家們雖然挑釁明羽，卻只會讓他更高興而已，因為他確實讓他們困擾了，D.A. 是不可能指證他的。

我本來這麼想，但 D.A. 在四月十六日晚上十點的留言，竟顛覆了我的想像。

他找到了證據——不，正確地說，他「製造」了證據。

17.

Dear all：

我是 D.A.，很抱歉今天有事，無法去半城影展，紅線如何處置，我想親自看 youtube 後再決定（希望不會很長）。

以下說明暫時藏起失落留言的理由。首先我想解釋一下，我看到留言時的心情。坦白說，當時我非常震撼，心想怎麼會在這裡？我的第一反應，是將留言拿回去，或是拍照，通報留言在這裡。但我忽然想到，這會不會是『犯人』的目的？說明一下，我一開始不解的是，為何留言會再度出現？如果犯人若要隱藏「女書店」的情報，為何又拿出來？留言後面多出 S.S 的留言，是在暗示留言是 S.S 拿過去的嗎？但我認為不是。

這邊先回應一下明羽，我覺得你沒抓到我的重點。S.S. 是共用筆名，不同筆跡的不同人都可以自稱 S.S. 是一回事，但任何人也都可以自稱 D.A.，自稱任何人啊！在本來就半匿名的筆記本中，S.S. 的共用筆名特質毫無意義，重點是匿名性！

各位還記得S.S.最初的發言嗎？

「你看得到我的字嗎？」

表示他預想對方可能看不到，對照殷海光故居的故事，這正是自稱S.S.的意義!!「為了避免被某些人看到。」那問題是，留言後自稱S.S.的發言，有匿名的必要嗎？NO。所以我認為是犯人偷走留言後，看到殷海光故居的故事，才以S.S.的名義留言，目的是讓別人以為留言失蹤跟S.S.有關。

為何留言會留在這？是為了讓其他人看到。如果我把留言拿回去或回報，就乘了犯人的意。那問題來了：為何這張紙還在這裡？

(1)犯人留下後，我是第一個看到。

(2)有其他人看到，卻沒有拿走，打算回報。

如果這張紙不見呢？犯人一定會不滿，因為他留下留言就是要讓別人以為失蹤與S.S.有關。要是沒人有反應，他一定會自己跳出來。所以我把留言藏起來。這就是我問，有沒有別人看到，或看到沒回報的原因。結果沒有，而明羽是第一個提起此事的，因此我覺得他可疑。

再說一次，正常人在看到紙後，要不就是拿回來，要不就是放著但回報，就算連回報都沒有，看到紙消失，也只會提出讓大家討論，這時應該是疑惑發生了什麼事。但明羽是怎麼說的？「可惜」。

誰才會說可惜？只有覺得其他人沒看到的犯人吧？

犯人的心態，我認為有2個特徵：

（1）把紙放在那邊，不會拿回來也不會回報（因為要讓別人當第一目擊者）
（2）對紙張消失，沒人看到感到可惜（很可能在沒人提時自己提出內容）
而明羽吻合上述兩點。

原來如此！

謝謝你，D.A.，幫我釐清了S.S.與維吉尼亞那段對話的意義。且不論這點，看來這人似乎是某種愉快犯的典型，就是那種恨不得別人知道自己做了什麼，若沒人注意到，便按捺不住寂寞的類型。D.A.看穿他心態，果然引蛇出洞。但若只是如此，稱不上證據，所以D.A.馬上接了這段話：

接下來，我將歸還遺失的留言，請大家對照明羽與後面S.S.的筆跡吧！

你將會成為一種精神，此後再也無人能殺弒尔，於此開始收復道德的失地，曾經犧牲於溫飽妥協於經濟的，都能透過創造和藝術重現，人人都可收得那到世界極頭的光，才是真正地啟蒙，不再是韋伯的諸神世界，奧林帕斯的榮耀已在諸人之中。

S.S.

To AM.

昨天在殷海光故居看到維吉尼亞失落的那頁訊息，後面有 S.S. 的留言，可惜今天再去看訊息已經不見了。

明羽

21:30

那張在我這裡，但我懷疑其中有詐，見後 ⟶

D.A 4/15 11點

www.ibon.com.tw

這就是證據。

筆跡對照，其他玩家看了，也覺得是致命一擊吧？但這證據是被製造出來的。要不是線索被隱藏，犯人大概只會偷窺其他玩家反應，暗中竊笑。但 D.A. 把犯人與這件事同時拉到檯面上，迫使所有玩家一起檢視，情況就不同了。

但明羽沒有屈服：

To D.A.

可是就你來說，我是第一目擊者？我是從殷海光故居才開始對此活動感興趣的。希望能解答你的困惑。你實在沒必要長篇論述可以一兩句話盡之事。

他的意思是，D.A. 的推論是以犯人先在永樂座看到筆記本為前提，那麼明羽主張他並不知道這一遊戲，或許可以洗清嫌疑。但 D.A. 頗為尖酸地回應：

要是覺得我回得太多，何不針對我提出的要緊處回應，像是你到底在可惜什麼呢？你說你在殷海光故居後才對此活動有興趣，這話可以有兩種解讀：

（1）你在殷海光故居才知道此遊戲。

（2）你早知此遊戲，但之前興趣缺缺。

若是（1），那你根本不該說路不拾遺，因為你根本不知道失竊。若是（2），你既清楚S.S.存在，也知道南瓜頭可能在永樂座看，作為「興趣缺缺」的人，你也太熱衷了吧？

此外，Jedsid根本不在乎推論，直接說：

明羽的筆跡和被盜留言背後的S.S.幾乎一樣，應該就這樣了。

明羽還想辯駁：

我自己倒是看不出字跡如何相像。

但維吉尼亞也說相似。她是有些生氣的：

明羽我問你，你為什麼要拿走那一頁並留下S.S.？如今有物證，我和jedsid、D.A.都如此認為，你該承認。

看到玩家們與黃采吟的反應，明羽終於承認是他偽造了S.S.的留言：

的確，我該為假造S.S.留言的鬧劇劃下令各位滿意的句點。

說是這麼說，但他堅持不是自己偷了筆記，並主張「我在殷海光之後才開始加入遊戲」。說是要讓鬧劇劃下句點，看來卻仍在繼續。對此，子月說：

自四月十三日開始來永樂座後，如果我沒記錯的話，我沒一天缺席，因此我見過不少玩家的臉。而明羽的臉早在殷海光事件前我便認得他的臉。

這算是最後一擊吧。此後，明羽雖還有發言，卻已無人理睬，這已是四月十八的事。與此同時，我與操的角力仍在進行著——

18.

Dear all.

非常感謝各位對我只出於猜測的請求討論了如此之多。首先，我想針對紅線的來由，和使用方式做出回應，紅線是我被觀音大士託夢後，去寶藏巖取來的，按照流浪ing的線索，觀音大士無法直接介入，所以透過邵國盛救了黃釆吟，可以也想透過我來進入祂想完成的事。

關於使用方式，當時我的夢中出現了樹木，魚木我一眼就認出來了，但其他是否是特定

的樹，我真的很難肯定=〉=|||。但是煥民新村的老樹2072、2073，是轉移「自由之光」的目標，這個猜測感覺很合理……而且蟾蜍山又是黑氣擴散的根據地，而自由之光能對抗黑氣。

我相信這幾條紅線能給被黑氣籠罩的溫羅汀帶來一線希望。

而維吉尼亞——釆吟，我也相信你或是就是另一個拯救溫羅汀的關鍵。

To 操：

關係你所質疑的急迫性，我反而想質疑為何在破壞溫羅汀的人意圖越來越明顯的狀況下，而且黑氣正在南瓜帽的促使下，蔓延越來越廣。難道我們還要採取「觀望」、「放任」的態度？不做事，等於讓黑氣毫無阻礙地侵蝕更多人？

你到底在等什麼?!

我在十六號晚上寫下這番話，才剛落筆，操的回應就浮現了。可恨，真希望旁邊有人看到這一幕。

敬啟，

若說我在等什麼，當然是在等一個適當的時機，黑氣勢力蔓延如此，我們應該找出淨化的確切方法，而不是讓一位女士涉險。難道等事情發生，再來說一句「然後他就死了」？（就我來看，說出這句話的某部長也是黑氣感染者）這不好笑，也很不負責。老樹保護了煥民新村，而魚木肯定也保護了什麼。這不容去輕易破壞的。

他現在的策略，明顯至極。就是說魚木能保護，保護什麼，何不攤開來說清楚呢？也可以說是在保護你的陰謀啊？但繼續爭論，只是重蹈覆轍，所以我什麼都沒說。D.A. 揭穿明羽是當天稍晚的事，隔天，Sunny 中午就來留言了，她的口吻頗為感性，連我看了都有點愧疚，這裡只部分節錄：

我想答案應該很明顯了，在把殷海光的遺物轉移過去後，應該就能拯救溫羅汀了吧？但是，這樣就能拯救維吉尼亞嗎？其實除了最開始的時候以外，夢中人再也沒有提到要救維吉尼亞的事情，甚至一開始，夢中人的重點似乎也放在溫羅汀上。我相信夢中人是真心要拯救溫羅汀的，黑氣也確實在阻礙他，但願……或許拯救維吉尼亞並不是他的優先事項吧？說不定我和維吉尼亞都是被他利用了，利用來拯救溫羅汀。這樣的話，能拯救維吉尼亞的，就只有我們了。

其實我沒想到 Sunny 會這麼說，畢竟一直以來，她都是夢中人的代理者。我沒想到她想這麼多。但她是對的，無論是玩家、黃采吟、維吉尼亞，都只是被遊戲主辦人利用了而已。但對要不要綁紅線，Sunny 十分猶豫，她說：

自由和安全到底哪個重要？自由是值得冒著危險去爭取的嗎？這種沒有標準答案的問題，

我實在不知道要如何選擇……也害怕做出會讓我後悔的選擇，又害怕再不做出抉擇就來不及……一個人的生命如此沈重，希望我們做出的是正確的抉擇。

下一頁，Papaya 寫著：

Sunny 的話讓我思考的頗久，可能因為我是遊戲半途加入，不是很確定我們的目標到底是要拯救溫羅汀還是維吉尼亞，總認為拯救了溫羅汀，就可以拯救維吉尼亞了。但是我們到底該怎麼做？如果救了溫羅汀，但是因此無法拯救維吉尼亞呢？

他整理了現在已經浮現的諸多線索，卻沒有結論，最後說：

目前我的想法和 X.Y. 一樣，想綁紅線在三棵樹上。但我必須坦承，是想嘗試轉移樹的力量，而不是以拯救維吉尼亞為出發點，因為我覺得紅線不是被託付來救出維吉尼亞的。如果因此可以救出維吉尼亞，那就更好了！總之，希望我們能做出正確的選擇……如果可以同時拯救溫羅汀，也找出救維吉尼亞的方法……

其實他錯了。

紅線就是用來拯救黃采吟的。除了將黃采吟放出來，沒別的用途，因為這些紅線就是用來破除超自然結界的。當初帶了三條，只是因為有人會偷線索，我怕被拿走；我已經知道玩家是多麼不可預測的生物。

看了他的話，Sunny回應說：「謝謝你願意認真思考我的話，我想我也做出決定了。」她投下贊成票。

在她之前，Jedsid和子月也表態贊成。這天是四月十七日，正是大家前幾天說好要統計投票的日子。據維吉尼亞統計，支持綁紅線共七人，包括K.P、X.Y.、papaya、jedsid、珊、子月、Sunny，與一位未署名玩家。反對綁紅線則有三人：操、紅椰、明羽。

——大局已定。

19.

才怪。

隔天早上，操居然好意思厚著臉皮在筆記本上寫：

敬啟：

既然大家如此決定，那我也尊重大家。但，是否能晚個三天再綁呢？這幾天陸續又有更多的線索。有新的局面。我想，只要再三天就好。拜託大家了，為了真正拯救溫羅汀並保護維吉尼亞，這是必要的。真的，拜託你們了。

操

要說沒有運動家精神或民主精神，將來的小學生課本，應該可以用操的這番話當範例吧？三天後一定會發生什麼事，哪能再等啊！但前一天大家已投完票，倒也不急著反對，玩家應該也會察覺到這傢伙一拖再拖，一定有詐的。

誰知下午五點，X.Y. 竟同意操的說法。

天啊！你們不是昨天才下決定嗎？而且主張綁在三棵樹上的也是你耶！他說：

Dear All：

紅線我是收起來，但為了避免我的權力大過其他參與者，這樣不公平，所以紅線我是放在永樂座的某處，沒有放在我自己身邊。而前面操提到的點我也同意，也和 D.A. 有同樣的疑惑：由誰綁？何時綁？——所以，我想不妨大家這幾天就先好好討論這個問題吧？

我的提議是，四月二十日週三下午綁（純粹是因為我比較有空 XDD）

我可以綁其中一處，但如果要同時綁 2072、2073，可能還需要其他參與者。有人自告奮勇嗎？或者，有意願的人，我們就 4/20 約下午 2:30 在永樂座集合？

我這下可急了。X.Y. 握有紅線主導權，他提議大家在四月二十日綁紅線，也就是後天，時間點幾乎接近操所說的「三天後」；透過筆記本太慢了！我到永樂座時，想當面說服其他玩家，卻沒遇到任何人，只好留言說，操如此提議，顯然是四月二十日或四月二十一日會發生什麼大事，但這件事是好是壞，現在沒人能擔保。萬一屆時綁紅線的效果消失怎麼辦？所以我寫下我的提議：明晚在永樂座集合綁紅線，希望 X.Y. 可以將紅線放回。

只能這樣了。

只要來幾個人就好。如果魚木的防衛只針對我，那我可以說自己去綁 2072、2073，只要其他人去綁魚木就好。離開前，子月進來永樂座，我沒有防備，下意識地模仿玩家：「今天有什麼新進度嗎？」

啊，我在說什麼？不是應該講紅線的事嗎？但 X.Y. 還沒歸還紅線，講了也沒意義。子月說：「有啊，就是那張明信片啊？」

「哪張？」經子月這麼一說，我才發現自己太關心紅線的事，沒有注意書裡出現的其他線索。我們回到筆記本旁，子月指著夾在裡面的一張 ibon 列印明信片。

後面是 D.A. 的留言：

Dear all：

我在唐山下去的走廊發現這兩張小海報，覺得樹的畫風很像筆記本上的魚木，而且只有其中一張有畫，不確定是不是線索，晚點我會過去看看。

D.A. 4/18 3 點

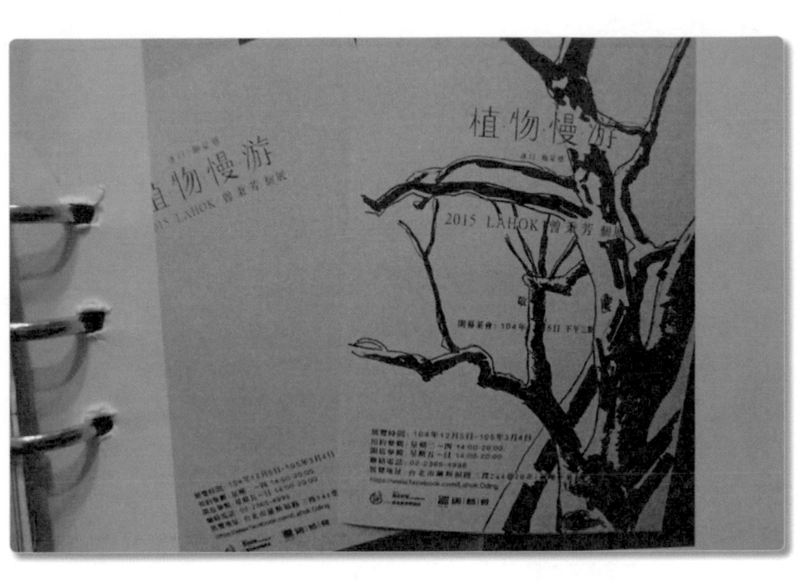

下面又寫了「yes！請大家過去看！」，是**D.A.**六點又回來寫上的。自從某人偷走線索開始，玩家看到線索都會備份在筆記本裡了，這也是其中之一。但我看著照片，卻怎麼樣也看不明白。什麼？去哪裡？要做什麼？

我疑惑地google「植物漫遊」，只找到一個去年便結束的展覽。子月看我不解的樣子，居然嘲笑我，然後說：「這次謎題很簡單，不需要用頭腦，你也不用google，不用像德國電子加速器那樣google。你憑直覺就好。」

「憑直覺……」我努力盯著那張明信片：「比如說這棵樹長得很像五？枝枒的排列代表五的什麼含義嗎？」

「不不不不你現在在用腦袋了，千萬不要用腦袋，用直覺就好。」他很熱心地強調，但我還是一臉迷惘地看著他，子月嘆了一口氣。

「你把上面的字唸完，所有字全部唸完。」

「植物漫遊……2015，LPHOK……曾秉芳個展……」

「你繼續念，繼續念。」

「開幕茶會……2015年12月5日，下午三點？」

「對對對，下面還有字。」

我一邊唸一邊奇怪，這人幹嘛這麼熱心，下面不就是展覽資訊，有什麼好注意的？但在他的注視下，我還是乖乖地唸完了所有的字，包括那串地址：台北市中正區羅斯福路三段244巷10弄1號地下室。

子月露出欣慰的表情。

「就是那裡。」他說。我恍然大悟，原來這個線索不過要玩家去看展，而是去展場啊？但就算知道那邊有提示，我也沒半點興奮期待，畢竟，現在只有綁紅線才能阻止遊戲主辦人了。我向子月打聽他對綁紅線的看法。

「其實我傾向相信操耶。」

「咦？為什麼？你不是投綁紅線一票嗎？」

「我投完就後悔了。因為我發現，第一個留言者就是操。維吉尼亞有一次問說，她該如何稱呼第一個對話的人，就有筆跡在下面留言，說，就叫我『操』吧！」

竟有此事！我都沒發現！

「但是你不覺得操很可疑嗎？為什麼他一開始說不要綁紅線，現在又說再等三天，感覺很有問題。」

「但用操是第一個留言者的身份下去推論，我會猜他很可能是夢中人，或是邵國盛。」子月如此推論。事實上，他的推論應該是正確的。但就算操是夢中人，他就不可能懷有惡意嗎？這些話，對玩家來說是沒用的吧？因為他們只有一個目標，就是將遊戲破關。我絕望地離開永樂座，剩下的一點時間，我打算看看那個展場——張眉張眼工作室。

這時我已不抱期待。誰知道，張眉張眼工作室的線索正印證了一段話：不到最後，勝負還未見分曉呢。

20.

張眉張眼工作室

「真是個好地方。」來者在畫廊裡繞了一圈，讚賞道。

「謝謝。」阿美族的畫廊主人曾秉芳笑著接受讚美，問說：「你不住附近吧？沒見過你的臉。」

這間畫廊同時也是工作室，雖未大肆宣傳，但平常都對外開放，歡迎社區的住民下來參觀，與一般人對畫廊的想像不同，希望作品能更親近觀眾，觀賞方式能更加自由。

「是啊，最近接下一個公共藝術的案子，才在附近晃晃。」來者雖然年輕，但穿著有些老氣，帶著帽子，底下齊瀏海以男性來說十分醒目。男子說：「其實我是有件委託想麻煩您。」

「委託？」

「我想委託您畫一些畫。」

畫廊主人抓抓頭，她也有自己的規劃，事實上，她的展覽已經排到幾個月之後了，不確定有沒有時間。見她面有難色，男子笑著說：「您聽聽就好。我只是想告訴您一個故事，您有興趣再畫就好，如果沒有，也無妨。」

既然男子都這樣說了，畫廊主人也沒意見，況且，她本來就很喜歡聽故事，若只是聊聊，她自然樂意。於是，男子開始說一件往事。

＊

古早，新店溪畔有隻蟾蜍精，祂呑雲吐霧，將臺北盆地的南緣籠罩起來；毒霧使人中生病，或是在霧裡失蹤，毒害百姓。這時八仙之一的劉海蟾，乘鶴而來，發現蟾蜍精作亂，便化作巨人，在景尾以釣竿將蟾蜍精釣起。祂用力一拉，蟾蜍精騰空飛起，落到地上，劉海蟾再以神仙道法收服，蟾蜍精乖乖聽話，不再作亂。而劉海蟾持竿一拉，腳印陷入山中，便是仙跡岩的由來，蟾蜍轟然墜地後，化為山形，即是蟾蜍山。

不知多少年後，同樣是八仙的呂洞賓遨遊於此，見到蟾蜍精，怕牠作亂，便要斬之。「師父，劍下留蟾！」劉海蟾連忙阻止。劉海蟾是呂洞賓的弟子，雖同為八仙，卻不敢亂了輩份。呂洞賓見是劉海蟾，大為詫異。

「海蟾，因何阻止？」

「師父，此精怪已為我收服，不再作惡，還請莫造殺孽。」

孚佑帝君不以為然。

「此妖過去害人無數，豈能生同情之心？」

「蟾蜍精已去惡為善，只有留下活路，才能將功贖罪。」

「不然。此妖雖巨，卻只能吞吐毒霧，不分人畜，盡皆迫害，如何贖罪？」

孚佑帝君搖首相疑，海蟾子心動一念，說道：「弟子有一法，不妨借用蟾蜍精之精氣，轉益於人。」

「唔？有何高見？」

「不敢。其實蟾蜍成精，本就是吸納天地精華，現今公館一帶，埤圳縱橫，以為農民灌溉之用，何不以此天地精華之氣，注於埤圳，以求豐收？」劉海蟾說。如他所說，在開墾的過程中，臺北地方早有許多埤圳，如大坪林、霧裡薜圳、瑠公圳等，而蟾蜍精的腳旁，正有巨大的埤圳流過！現在蟾蜍精已為劉海蟾收服，在祂的神仙道法之下，自能逆轉天地精華，化作蟾蜍血脈流入圳內，所經之處生生不息。

呂洞賓撚鬚聽計，沉思片刻，緩緩點頭：「若能求得豐收，自然妙哉，但此事真會如此順利？」

「還請師父讓弟子一試，若真不成，師父要如何對待，弟子皆不再阻止。」

「罷了，你既有心，亦有法門，放手一試吧！但蟾蜍精若有惡意，繼續危害，吾必斬之。」

呂洞賓嚴厲地說。蟾蜍精被劉海蟾降服後，受制於其道法，化為山石，本來也無從脫逃，如今能得救，便也接受劉海蟾的安排，甚至還感激祂，於是天地精華汩汩而出，一時間，作物茂盛，人民歡笑不絕，此般盛況維持數年，呂洞賓便不再提殺妖二字，劉海蟾見大功告成，便雲遊而去，反而孚佑帝君心頭猶有芥蒂，便分靈於林口庄鎮守，監視蟾蜍精，這便是林口庄的仙公廟。

但榮景並沒有一直持續下去。百餘年後，世界大勢風起雲湧，變化席捲而來，臺灣被割讓給日本，在民政長官後藤新平的指導下，現代化的浪潮有如上升的海平面，逐漸呑沒被精密劃分的每一片土地。

「這、這是怎麼回事？」昭和年間，劉海蟾回到林口庄拜見師尊，卻被圳道的景色嚇得臉色大變。

「你倒是回來了。」呂洞賓苦笑。進入日本統治後，祂講話的聲調有了些變化。祂說：「這些黑氣不是你的錯，在現代化之後，四處都出現了這種黑氣。只是在這些圳道中，因為你的道術，黑氣顯現的特別清晰罷了。」

在劉海蟾眼中，公館、林口庄、古亭庄等地，甚至遠到大安庄、六張黎庄，都被某種前所未見的黑氣所包覆。那是種很像妖氣，卻不是妖氣的事物。簡單來說，是劉海蟾作為仙人從未見過的東西。正因從未見過，祂也不知該如何對治。

直到許多年後，劉海蟾才終於明白黑氣的真面目，但那時已然遲了。黑氣事實上是現代化的毒素。所謂城市的現代化，是以科學的方式，對土地利用進行精準的規劃，這樣的思考方式是無視原先地方脈絡的。但地方上本來的生活方式，就像一種流動的氣，在這種生活方式被破壞的瞬間，流動現象仍在，所流動的事物卻化作虛無，由正轉負，由白反黑。

原有生活方式的土崩瓦解，形成了冷漠跟疏離，雖然信仰能對峙這種社會脈絡的消解，但政治力量卻將神明斥為迷信，縮編儀式、搬動廟宇，使神明的力量大減，終於連克制黑氣的辦法也沒有。

本來蟾蜍精的血脈，便是劉海蟾神仙道術的安排，但在黑色的浸染下，祂的道術竟使圳道裡的黑氣增加了！雖然灌溉功能仍在，但黑氣帶來的不安，卻順著血脈分散而出——

「這……實在是出乎弟子預料。」劉海蟾沮喪地說：「師父現今若要斬妖除魔，弟子亦無顏阻止了。」

他本以為孚佑帝君留著蟾蜍，是要到祂露臉後，先斥責一頓，再當著祂的面斬殺。但呂洞賓撚鬚苦笑：「你現在這麼說，已然遲了。好歹蟾蜍精亦助人百年有餘，我如今再殺，已無道理。」

劉海蟾喜憂參半：「那——」

「但這黑氣，我們總得想辦法治一治。」呂洞賓嚴肅地說。

「是，我們來想辦法。」劉海蟾正色回應。

於是師徒倆著手研究道法，不多時便找出暫時壓制，不令擴散之法。但要驅散，卻怎麼也不得其法；這也是自然，黑氣的原理前所未見，是神仙們從未面臨的處境，既看不穿其真面目，自然也沒有對治之策。數年過去後，劉海蟾拜別師尊：「師父，這黑氣只靠我們，或許無法解除。弟子打算雲遊天下，尋求解決之法。」

「也好，我已分靈於此，便在此處以我們研發出來的道法壓制吧。」

「如此勞煩師父，弟子實在有愧；我一定會盡快找出消滅黑氣之法。」

說完，劉海蟾便離開了。

但祂錯了。

錯得離譜。

祂本以為黑氣雖然難以消滅，危害卻也不大。但祂沒料到，黑氣竟會潛入人類的政治體系中，成為更加難以根絕的巨惡！日本時代，黑氣雖也在總督府，但或許是戰爭因素，黑氣的影響並不明顯，本來祂以為國民政府時代也是如此，但政府將蟾蜍精改造成防空中樞，將大量的雷達情報匯集其中，居然讓蟾蜍精變成了能掌握臺海領空全部情報的妖怪！

更可怕的是，這樣的力量，落入了潛藏在軍方的黑氣手上。

從此之後，全臺灣的神明都被黑氣監視著，劉海蟾也不意外，所以祂又躲了好幾年，好不容易才找出一點機會去探望蟾蜍精。本來，蟾蜍精在祂的道法之下，與自然合一，倒也沒有不滿，但日本人在牠內部鑿出通道，國民政府再加以利用，讓無數的情報通過牠的身體，令牠心神衰弱。

牠拜託劉海蟾斬殺牠。

但劉海蟾做不到。第一，蟾蜍山週邊當然是黑氣特別保護的地方，這時劉海蟾光是接近蟾蜍精，便已經是想盡辦法了，要動用道術殺牠，已毫無餘裕。另一方面，這一切並不是蟾蜍精的錯，祂怎能殺牠？

於是祂去請教師尊呂洞賓，呂洞賓說：「這時斬殺牠，反而是一種仁慈。」

「但是黑氣這麼重視牠，弟子以為不可能有機會動手。」劉海蟾心裡還是存著一絲解救蟾蜍精的可能，因此反對師尊。但呂洞賓說：「若立刻動手，黑氣自動會透過蟾蜍精發現，但若是慢慢屯積道法，待時機一到，自動斬殺，黑氣也無從追蹤，無從阻止。」

海蟾子心裡盤算師尊的話，心知師尊神通廣大，不無可能，但還是沉默不語。見祂如此，呂洞賓嘆道：「也罷。我知你下不了手，這事便由為師來吧。」

劉海蟾沒有阻止的立場。

這段期間，劉海蟾都在尋找拯救蟾蜍精之法，希望搶在師尊的道法屯積成功之前成功，但不知該說幸還是不幸——不，當然是不幸——呂洞賓的計謀被黑氣發現了！於是黑氣控制三軍總醫院遷至汀州路上，藉口需要仙公廟的地，在一番交涉與政治盤算後，雖然仙公廟保留了土地，整間廟卻改成「聖靈寺」。所處領地由道轉佛，呂洞賓的盤算自然落空，雖然仙公廟只是分靈，但所處地域離蟾蜍山最近，要在其他地方屯積道法暗殺蟾蜍，便是難上加難，更何況祂已被黑氣盯上。

幸好對面的林口永興宮，每年仍會舉辦孚佑帝君遶境，這才一定程度上維持呂洞賓的力量不完全喪失，還是多多少少能壓制住一些黑氣。也差不多與此同時，瑠公圳水利組合紛紛被封起，這是黑氣要提升蟾蜍精的力量，但也多虧於此，即使呂洞賓不費大力鎮壓，黑氣也沒有這麼明顯了……

＊

男子的故事說到這裡。

「哇喔，你是小說家嗎？」畫廊主人興致勃勃地說：「很有意思，我知道蟾蜍山，想不到你能編出這樣的故事。」

「如何？你有興趣畫嗎？」

「嗯……坦白說，我下個月還有一些展覽的事要安排，如果不急的話——」

「四月前有可能嗎？」

「四月！？那太趕了！」

「好吧，沒關係。」男子站起身，笑著說：「你就當我來說一個故事好了……對了，我可以請教您的族名嗎？」

畫廊主人告訴他。

「很好的名字……不，這不是客氣話。任何土地的故事都是重要的，希望我們都能把這些故事說下去。」他忽然說起無關的話題，畫廊主人有些困惑，但男子沒有解釋，便離開了。

當晚，畫廊主人想起那個故事，忍不住覺得這故事確實有趣。

她忽然有點瞭解那男子想說的了。

就像她們原住民，也有許多有趣的故事，如果能改編成這樣的故事的話……不，就算沒有改編也可以。雖然是原住民畫家，但她的作品，與一般人印象的原住民不同。她不在意這種外族觀點，也沒有打算去迎合他們的想像，本來她就只是畫自己想畫的東西。

就連畫原住民主題的畫，她也是以私人體驗出發，而不是訴諸某種文化想像。但她記錄的原住民文化，那些抽象的生活體驗，無疑是真實的。從真實出發的變異描述……某種程度上，她在做的事，或許與男子創造出來的故事差不多。

雖然只是個人的聯想罷了。

＊

「現在你們知道我的名字了。」男子對著你說：「這對我來說有極大風險，因為我小心翼翼，所以黑氣一直不知道我是誰。只要一有人將我的名字寫在筆記本上，我作為幕後藏鏡人的事件便曝光了。」

「但我相信經過重重調查來到這裡的你們。」

「而且我也欠你們一個解釋。所以，如果你們能到達這裡，我認為我有義務將我所知的真相，還有我的身份，以這種形式告訴你們。我在此對你們表示感謝。我不知道當你們見到這個故事時，你們已經知道多少了，也不知道你們打算怎麼做，但我相信你們會拯救溫羅汀……」

「事到如今，我已經不敢奢望拯救蟾蜍精了，雖然我還在尋找辦法。」

「但作為無意促成此事的始作俑者之一，我至少要守住這個地方。雖然，最後決定權仍在各位……不，是在『大眾』的手上。但我相信，這世界應該能變得更好。」

看完這段故事，我還在想是不是陷阱，但仔細一想，就知道不太可能——終於啊，終於找到我要的東西了。我在畫室之內笑了出來。

劉海蟾。夢中人。遊戲主辦人。

找到你了。

這麼説吧，要阻止這場遊戲，除了亂入遊戲，就只有找到遊戲主辦人；如果主辦人是我們長久以來的敵人——也就是S.S.——要找到他們，難如登天。殷海光故居的故事這麼強調S.S.，或許主辦人也想讓我產生這種錯覺。但現在知道主辦人是誰，要透過我們的蟾蜍山神明雷達找出來，就易如反掌了。

但怎麼會呢？

到底是怎樣的笨蛋，才會把自己的名字寫在小冊子上？

我本來以為是陷阱，但陷阱必須被擺有意義的地方，而我會出現在這裡，卻是難以預料的；因為我本來是不可能來此。

這場遊戲，本來玩家為了彼此的遊戲樂趣，是不會在筆記本上直接解謎的，更別説是放線索。但多虧明羽擾亂，玩家開始把線索放到筆記本上。確實如黃采吟所説，我無法進入書林或唐山之類的地方，所以D.A.發現的那張海報，我本來是看不到的。

謝謝你，D.A.，多虧你把線索放進筆記本。也謝謝你，子月，本來我還沒有來這裡的興致，多虧你把線索告訴我。很高興認識你們這些玩家，真的，只可惜從一開始，你們就不是真正的玩家。我才是。

黃采吟，真的很可惜，我是真心想放你出來的。

綁上紅線後，那個魚木就無法再囚禁你，無法再保護你，你就能落入我們手上。當初是真的以為殺死你了……沒完成任務，我是有點難以接受，所以發現你還活著後，我心情很複雜，要是沒有透過遊戲這麼瞭解你就好了，可是我必須彌補自己的失誤，所以我要再殺死你一次。但現在，我們已經捕到大魚，你的事已不重要了。你就在那個小空間裡度過餘生吧。

我離開張眉張眼工作室，從隨身包包裡拿出一個東西。開始偽裝成玩家後，我不想太引人注目，就沒戴著平常最喜歡的帽子。現在也沒有隱藏的必要了。我將有著南瓜圖案的帽子戴在頭上，感到神清氣爽。

啊，重新成為自己的感覺真好。

接著，我拿出手機，按下一個不該存在的號碼。撥號聲傳來，我聽著這單調空寂的聲音，心想：海蟾仙人，讓我們好好聊聊天吧？就你跟我，操和 Killer Pumpkin，如何？就像網友見面，哇，感覺好期待啊——

讓我們來場單方面的愉快狩獵吧。

第四章　城市邊陲的遁逃者

1.

四月十八日。

這晚九時許，X.Y. 待在家，面對電腦敲打著鍵盤。這是忙碌四月之中的一個忙碌夜晚，有些事情要處理，有些工作要做，有些稿件要趕。已經打字打了好一陣子的他，老實說此時有點兒疲累，因此聽見臉書新訊息的聲音時，他毫不猶豫地切換了視窗。

是來自子月的訊息。子月是他在「城市邊陲的遁逃者」認識的玩家。很巧的是，剛剛他才正開始好奇起這遊戲今天的進度。前一天子月才找上他說了許多遊戲的事，現在又想聊嗎？理論上，工作人員會在晚上把當日的進度放到網路上，不過通常沒這麼早。

「那個，請告訴我紅線在哪裡！」出乎意料，子月劈頭便這樣問起。

紅線？怎麼了嗎？X.Y. 疑惑著，還來不及回應，子月的下一句話跳上了螢幕：

「如果你信任我的話！」

到底發生什麼事了啊？X.Y. 有點啼笑皆非。為了防止有玩家在投票結束前偷跑，擅自將紅線綁上魚木，幾日前，他在筆記本上宣告將紅線「保管到安全的地方」了。本來他還擔心這會引起他人的不滿，不過經過了「明羽事件」，似乎沒人反對這樣保密防諜。而他也幸好還算得大家信賴。

他信不信任子月？依據遊戲進行半個月來的種種，X.Y. 想不出子月有什麼可疑之處，這個人應該頗值得信賴才對……不過，好像還沒見過子月這麼驚慌失措的樣子。X.Y. 不由得興起了一點好奇心。

「怎麼說？」X.Y. 回應。

「你確定要知道嗎？這是遊戲外的資訊。」

遊戲外資訊？今天的遊戲進度官方還沒正式公布，他指的是這件事嗎？X.Y. 瞥了一眼螢幕右下角的電子時鐘。不過，差一兩個小時應該……「也沒關係吧？」他輸入。

螢幕上，代表對方正在輸入回應的點點波浪般地舞動著，吊人胃口。那些點點跑動了好一會，代表子月似乎在螢幕另一端猶豫著，等了一陣子的 X.Y.，開始考慮要不要回去趕自己的稿件——

「我做錯事了，剛剛，我幫南瓜帽得知了齊瀏海是誰！要補救的話，必須阻止大家綁紅線，即使這會違逆所有玩家的意志！這是現在唯一的辦法了，請無論如何都要相信我！」

「……啊？」

坐在電腦桌前，X.Y. 忍不住喊出聲來。南瓜帽？齊瀏海？不綁紅線了？……還有什麼「違逆所有玩家的意志」？可以一件事一件事來嗎？愣了一下，他才在鍵盤上打起字，與子月一來一往。

「齊瀏海是誰？」

「齊瀏海就是劉海蟾！」

「那南瓜帽？」

「南瓜帽就是 K.P.！但我沒有辦法告訴大家為什麼我知道，我只是推測。」

等等，南瓜帽真的就是K.P.，K.P.是壞人？X.Y.有點驚訝。所以他們都被K.P.騙了嗎？可是……怎麼會——突然間，他想起了一件事，這麼說來……

「這麼說來，有個讓我有點在意的疑點，之前有一次碰到明羽，他說寶藏巖的觀音神桌底下根本進不去。如果他說的是真的，那就證明K.P.是南瓜帽，因為她說謊！」

「還有另外一個原因，因為『操』是第一個在筆記本上留言的人，所以他應該才是可信的。」

所以說，前幾天讓他們有所保留的那位留言者「操」，可能才是真正站在他們這邊的……那「劉海蟾」又是哪裡跑出來的名字？X.Y.本想繼續問子月，卻忽然心念一動，在google搜尋欄輸入了這個三個字。一查，他不禁為出現的結果感到震驚——

「你看這個：『劉海蟾，名操，字宗成，又字昭元、昭遠，道號海蟾子。』」

「——所以『操』就是劉海蟾！」

「操」就是劉海蟾，也就是夢中人！

一時間，X.Y.感到不可思議，相信螢幕對面的子月也有同樣感受。其實他之前都是旁觀者心態，多數時候「想知道後續情節」的心情多於「要努力拯救書中人」，即使是現在，他也還是有點搞不清楚狀況。可是，子月的驚慌感染了他，讓他跟著緊張起來，而他們剛才發掘的真相更將他心中的不安與驚訝疊加成亢奮。

這多像漫畫情節啊，而他們居然參與其中？隱藏真實身份的仙人，卻不被信任；還有反派南瓜帽，她加害了邵國盛，想對維吉尼亞不利，正以K.P.為暱稱耍得其他玩家團團轉——

X.Y. 靈光一現。

「該不會所謂『K.P.』其實是『Killer Pumpkin』吧！」

該怎麼辦？意識到如此嚴重的可能性，X.Y. 與子月討論了一下。看來，顧不得原先約定在二十號晚上，有必要現在就告訴大家。他決定開一個臉書群組，把他知道的可信任玩家都加進來，說明現況。子月也同意這個做法。

「我要開始向大家懺悔了……我是吃了秤鉈鐵了心，就算被罵翻，也要阻止紅線被綁上樹！」

他有所覺悟的樣子，卻讓 X.Y. 笑了。對了，說到紅線，他輸入訊息：

「紅線其實還在永樂座，夾在書櫃上一本《新辭典》的『2072』和『2073』頁中間。如果有必要的話，你就去把它移到安全的地方！」

2.

「各位參加『城市邊陲的遁逃者』的玩家大家好，我在筆記本上的署名是 X.Y. 最近遊戲好像要進入尾聲，結局如何應該會按玩家的投票結果、綁不綁紅線而定。」

新開啟的對話群組中，X.Y. 向各玩家說明。此刻他已經把該做的事情都先放到一邊去了，但面對著玩家，他彷彿工作般地字斟句酌：

「雖然我之前支持綁紅線，但是今天又意外發現了一些新的線索跟證據，也有了一些新的想法。因為在筆記本上留言的玩家之中，可能真的有南瓜帽，而且她也會出意見左右遊戲的進行，所以，我才想說私下發這個訊息給曾經跟我接觸過的各位一起討論。

今天出現的線索，會把大家導引到張眉張眼工作室，那邊會揭露齊劉海是公共藝術男，就是劉海蟾，也就是操——」

X.Y. 解釋他與子月剛才的發現，並詢問大家接下來該採取什麼樣的行動。群組中，多數玩家或許還不了解狀況，但已被這種緊張的氣氛感染，感到山雨欲來風滿樓。雖有點不安，但也有一點期待。

安東就說：「酷斃了，感覺已經脫離筆記本了。」

X.Y. 同意這點。

3.

玩家們被團結起來，是因為子月忽然意識到自己犯了致命失誤。其實在他向 X.Y. 詢問紅線在哪的前一天，就已經懷疑 K.P. 的身份。他還在臉書訊息裡跟 X.Y 說：「我有一項推理，很可能嚴重影響綁紅線的決定：我懷疑 K.P. 就是南瓜帽。」

「怎麼說？」

「K.P. 跟照片裡的南瓜帽，長相、身形有點像……就連我一個第一次來的朋友也這麼覺得。我現在不知道要不要因為這個不見得有證據的推理，去阻止大家綁紅線，好糾結啊！」

「應該只是因為寫K.P.筆跡的工作人員，剛好跟南瓜帽是同一個吧？」

X.Y.如此安慰。既然這是「遊戲」，那也是合情合理的推論，子月也就接受了，並自我安慰——畢竟綁紅線是大家共同的決定，就大家共同承擔吧！但在十八號晚上，明明心裡早就懷疑K.P.是南瓜帽，卻還提醒她怎麼去「張眉張眼工作室」，那就是他的責任；他重新想起「張眉張眼工作室」裡的故事，特別強調不能將「劉海蟾」三個字寫到筆記本上，他卻引導南瓜帽去看。

看到南瓜帽的時候，他覺得她只是個工作人員。

誰知道會遇到這樣的事？誰能料想到，筆記本外發生的事居然會對事情造成影響？連他最初吐露的X.Y.，也未能在當下意識到事情的嚴重性。

接下來該怎麼辦？子月向X.Y.詢問紅線所在後，就直接找出永樂座後面小房間裡的《新辭典》，將紅線帶在身上。但即使拿著那幾條紅線，他仍感到不安，那不安在他輾轉反側許久後，有增無減。

子月又敲了X.Y.。

「我突然想到，我會不會被南瓜帽殺掉啊！我知道南瓜帽長相，如今紅線又在我這裡，天啊！被殺之後，我就不能參與遊戲了。害死海蟾之後，懷著悔恨死去，好悲慘的下場。」

「不會的啦，祂是仙人啊。不然至少會留下遺言吧？」

X.Y.安慰著他，就像前日一樣，但這次，已難以安撫他的愧疚與驚慌。

「我覺得明天很有可能是Sunny在筆記本留言，」他悲觀地打著字，「說夢中人渾身是血，跟他交代後事。天啊！我萬死不能謝罪！」

萬死不能謝罪啊！到底該怎麼辦才好？抱著頭又翻滾了一圈，子月在罪惡感中深深、深深地懊惱著。

4.

「所以目前，我和子月暫時把紅線藏到永樂座內一處安全地方。我在筆記本上有留言說，找個時間讓玩家實際聚集，表面上說是要討論誰去綁紅線，但我覺得我們可以在當天指認兇手或是反悔要綁線之類的。」

說明完現況後，X.Y. 在群組裡如此說。與子月討論過後，他已有方向；既然 K.P. 堅持綁紅線，就不能遂她的意，但如果直接推翻投票結果，讓 K.P. 覺得毫無希望，未必是好事。這種時候，就是要迂迴拖延，一方面讓 K.P. 覺得有希望，一方面引蛇出洞，最好等她到永樂座，拿「寶藏巖無法藏紅線」這件事當面質問她為何說謊。

短短一個晚上，越來越玩家加入群組，前面加入的玩家，紛紛向後來加入的玩家說明情況。他們討論起以前的線索，並商量接下來的計畫，考慮到明羽或 K.P. 都可能到永樂座，很多事不能寫在筆記本上，只能知情的玩家現場交流意見。Papaya 問：「這樣我們還可以為『操』做些什麼事呢？」

「看他還會寫什麼吧。」X.Y. 說。

事實上，這個時刻，他們也沒辦法做什麼。

隔天，四月十九日，X.Y. 去了一趟寶藏巖。他在佛寺前前後後繞了一會兒，接著站在觀音殿的神桌前思索著，遊客與居民三三兩兩地從他身旁經過，有幾個還好奇地瞥了他幾眼，但眼下這不是什麼值得在意的事。到永樂座已是晚上六點時，X.Y. 翻到昨天最新一頁，筆記本上寫著觸目驚心的文字：

身份暴露，勿綁紅線。有暗號，黃采吟知。

操

下面的回應是 D.A.：

!?

怎麼會，我剛剛大致翻過筆記本，沒有名字（大家知道的那個）啊！

見字時間是 17:45，有人知道其他情報嗎？

對了，還有 D.A.，X.Y. 想。但好像昨天加入的玩家中，沒人在遊戲過程中得知 D.A. 的臉書帳號，所以沒把他加進群組。沒當面見到他，事情也不能寫在筆記本上，X.Y. 沉思片刻，在筆記本上寫：

雖然寶藏巖那裡有很多神桌，也有空間，但寶藏巖來來往往的人不少。紅線應該是放在一個隱密的地方，不然開放的地方很容易被拿走吧？這點，可不可以請K.P.說得更詳細一點呢？

說「更詳細一點」，一方面是作為將來揭穿K.P.的伏筆，另一方面是只要K.P.回應，也能達到拖延之效。但對K.P.的質疑，這樣就夠了嗎？X.Y.翻過一頁，匆匆寫下：

對了，想起流浪ing的資訊，蟾蜍山是一個監視基地，但我今天在寶藏巖發現可以清楚看到蟾蜍山，寶藏巖的觀音敢有什麼舉動嗎？不會被黑霧看到嗎？有點開始懷疑這事。

接著他私訊給子月：「你等一下會在永樂座嗎？有新進度。剛剛操留言說事跡敗露。」子月顯然大受打擊：「我等下過去永樂座。如果有必要的話，我會採取霹靂手段來保護操的生命，一切責任由我承擔。希望我不會變成罪人。」

X.Y.忍不住笑了，哪有這麼誇張啊？本來還有些緊張，看子月這樣反應，他反而放鬆了。他安慰子月「應該不綁紅線就沒事」後，便離開永樂座。這時差不多晚上七點。

5.

子月從 X.Y. 那裡得知操的最新留言，既胃痛又懊悔不已。

這天稍早，他才一直與 X.Y. 討論兼懺悔，還跟 Papaya 討論各種可能性。像是拿走流浪ing 的南瓜掛袋，或是在筆記本上騙 K.P. 說遊戲的幕後黑手是三山國王而非劉海蟾，甚至想過如果把筆記本藏起來，或是放一本假的筆記本，這樣能不能擾亂 K.P. 的腳步、挽回頹勢？但聽說操的留言後，他怕這已是痴心妄想。

想起劉海蟾在張眉張眼工作室的故事中特別耳提面命說這個名字不能曝光，他便更加怨恨自己犯下的錯。

抵達永樂座，紅椰與 Papaya 也在，紅椰已在 X.Y. 底下寫下新的留言。同樣是在質疑 K.P.，但他本來就反對綁紅線，這種反應應該不會太刺激到 K.P.。

> 說紅線可以救出維吉尼亞這件事的人只有 K.P.，而沒有其他任何證據證明這是真的。如果一切其實相反呢？沒錯，維吉尼亞被困住，我們得救她出來，但是如果南瓜帽趁虛而入，誰能保護她？

他們討論 K.P. 來了該怎麼辦，畢竟，K.P. 說過今天晚上八點要在永樂座集合。現在的他們，有足夠的資源揭穿 K.P. 嗎？或是如果他們堅持不綁紅線，K.P. 會怎麼做？他們說著說著，時間居然已到九點半。

說要來一起綁紅線的 K.P. 沒有出現。

紅椰和 **Papaya** 帶著開玩笑的口吻嘲笑失信的 **K.P.** ——這也算是種自我解嘲吧？但子月一直悶悶不樂，神色陰鬱。明明先前 **K.P.** 這麼堅持要在二十號綁紅線，怎麼會沒有行動？這個時候，**K.P.** 到底有何打算？

操說「有暗號」，那是什麼意思？黃采吟知又是什麼意思？看來今天維吉尼亞的回應，一定會有玄機。但在那之前……

南瓜帽會不會對知道她身份的自己下手呢？當然，**K.P.** 可能還沒猜出來自己已經看穿她，但她可能以為自己是唯一知道她去過張眉張眼工作室的人，這會不會讓她心生歹念？子月越想越心驚。想想邵國盛，想想黃采吟，他們都不小心涉入太深，那自己呢……？

永樂座打烊的時間到了。**Papaya** 跟紅椰都打算離開，子月沉默地盯著那本筆記本，深深吸了口氣，拿出筆寫下：

如果我發生什麼意外，將會有人向大家指認南瓜帽的身份。

希望這能阻止南瓜帽下殺手——

你的身份，已經不只一人知道了。

6.

「子月怎麼了？」

四月十九日接近凌晨時，還沒跟上進度的小部在群組中問。她看到子月最後留的這番話，覺得摸不著腦袋。子月回了謎樣的大笑表情符號，X.Y. 忍住笑，代替子月回答。

「其實出問題的是D.A. 啦。」

「咦咦！怎麼說？」一直以罪人自居的子月感到意外。

「其實所有玩家都有責任。」

X.Y. 細細說明。儘管昨天聽了子月的告解，但他在這一天回家的路上，才終於想通——該負責任的不只子月一人。

「總之，昨天晚上不是公布了『雖然沒有留在筆記本上，但現場的參與者互動中，發生了一件事。』嗎？這件事情其實是：唐山書店的線索被拍照放到筆記本裡了（是D.A. 放的）。如果沒有被放到筆記本裡，而是玩家自己在唐山發現，然後按照線索去找出『植物漫遊』的展覽，那劉海蟾＝操＝公共藝術男的身份就不會被揭曉。因為按照雅博客的線索，唐山跟書林都是南瓜帽進不去的地方。所以原先，南瓜帽應該無法得知唐山線索才對，就不會知道張眉張眼工作室。」

「但是!! D.A. 卻把線索的照片給放到筆記本裡了！！再加上昨天晚上，子月親口把線索的謎底跟K.P.＝南瓜帽說了，所以南瓜帽就可以跳過唐山，直接跑到張眉張眼工作室，得知操是誰。操今天才會留言說：『身份暴露』。」

「操應該下場很慘。明天就可以看到操的遺言了。」他如此結論。

「也有可能是我死掉啊！」子月回應，X.Y. 卻不這麼想。

「總之，人類是可以殺神的。D.A. 和子月聯手殺了操，結局是玩家單方面勝利。」

X.Y. 回應著風涼話，半認真思考著……玩家的勝利條件應該只有救出黃采吟，不包括救出劉海蟾吧？那有必要處理劉海蟾的危機嗎？不如說，那是他們能處理的嗎……？

這時小部問：「是說 K.P. 已經被確認是南瓜帽了？之前不是還在懷疑階段？」

X.Y. 說：「是還在懷疑沒錯，但是他本來一直要求今天綁，今天卻連出現都沒有，有點蹊蹺，而且連在筆記本上爭辯也沒有——」

是啊，他本來在筆記本上挑釁，就是打算看看 K.P. 怎麼爭辯，順便拖住她。不得不說，她完全沒有動作，是讓他有種揮棒落空的失望感。這時，他心中忽然浮現一種可能，難道，是因為這樣……？

他輸入：「或許是因為她可以直接對操下手，就不需要來爭辯了？」

沒人能否認這種可能性。不如說，這種可能性極大。

「這樣的話，除非南瓜帽有要策動玩家，否則沒有再繼續留言的必要。」X.Y. 說。但他錯了。隔天，K.P. 再度留言，只是這時還沒人預料到；安東同意他的見解：「搞不好她的任務就是殺了劉海蟾而已。」

Papaya 說：「推測明天的重點可能不是指認 K.P. 是南瓜帽，而是操或維吉尼亞再丟出新的求救資訊，我們要趕快幫他們。今天操已經直接講身份敗露，但是維吉尼亞知道暗號。」

暗號是什麼？

永樂座關門後，就沒人能追蹤最新回應。這時維吉尼亞的文字，說不定正靜悄悄地出現在無人的筆記本上……或是她也遭到南瓜帽暗算，連筆記本也寫不了。大家在群組裡無事可做，只能等待明日。

7.

但大家失望了。

維吉尼亞並未消失，這算是不幸中的大幸，但她看來還在狀況外，更不像知道什麼暗號！她說：

Dear All.

現階段綁不綁紅線已經不是當下要優先注意的事情了。同樣，我的安危也不是。但我必須請大家注意操的留言——如果知道那個名字的話，就會知道他說的「身份敗露」一事有多麼嚴重。但我不明瞭實際情況，也不知道還有多少時間，多少機會能拯救他，拯救溫羅汀。但我想只要大家一起，一定能找到方法的吧！希望大家一起努力下去。

——不對，X.Y. 想。

他看到這個留言的時間，是四月二十日下午四點多。維吉尼亞這段話看來雖狀況外，只是鼓勵大家而已，卻藏了玄機；她明明看到操的留言的，但對「黃采吟知」這句話，卻沒任何表示，其中顯然有些問題。

但更引起他注意的，是下一頁的留言，來自K.P.。那是讓人恨得牙癢癢的最終留言。

8.

親愛的朋友們，你們的聲音我都聽到了。我知道你們對我有許多質疑和懷疑，但現在已經不重要了。

因為「劉海蟾」已經在我的手上。（大概是昨晚八點的時候。）

在你們熱烈討論紅線的用法時，你們已經把找到幕後黑手的方法告訴我。

謝謝D.A.，大概是怕線索被拿走，居然把我們無法進入的唐山書店的線索拿出來。

也謝謝子月，與你的討論對我們非常有助益。（by the way 我並不在意是否要殺你）

在這個當下，紅線對我們就沒用了。維吉尼亞就送你們吧，如果你們有辦法救她出來的話。而紅線的功能當然不是你們想像的那樣（用活結把自己吊起來如何？）

總之，你們輸了。

救不回黃釆吟，也救不回劉海蟾。只憑你們，什麼也做不到。

下一頁。

溫羅汀是我們的了。

193

親愛的朋友們，你們的聲音我都聽到了。

我知道你們對我有許多質疑和懷疑、但現在已經不重要了。

因為「劉海蟾」已經在我的手上。（大概是昨晚八點的時候）

在你們熱烈討論紅線的用法時，你們已經把找到幕後黑手的方法告訴我。

謝謝D.A.，大概是怕線索被拿走，居然把我們無法進入的唐山書店的線索拿出來。

也謝謝子月，與你的討論對我們非常有助益
（btw我並不在意是否要殺你）

在這個當下，紅線對我們就沒用了。維吉妮亞就送你們吧，如果你們有辦法救她出來的話。
而紅線的功能當然不是你們想像的那樣。
（用法結把自己吊起來如何？）
總之，你們輸了。
救不回黃朵吟、也救不回劉海蟾
只憑你們，什麼也做不到。

溫羅汀是我們的了！」

K.P.
"Killer Pumpkin"

直接佔據整頁，傲慢、囂張地寫在整張紙正中間。就算沒看到K.P.的嘴臉，也完全能想像她不屑的表情。

太大意了，X.Y.想。雖然不是沒料到這種發展，但他們確實有段期間只想著要釣出南瓜帽，沒意識到南瓜帽早就採取行動。這也是當然的，南瓜帽一定是十八號當天晚上就有動作的。

且不論「被抓走」會有什麼下場，劉海蟾此前一直指引著大家拯救溫羅汀的方向，他被抓走後，接下來該怎麼做？黃采吟看來也一無所知，事實上，也不可能像仙人那樣知道這麼多，他們現在是毫無頭緒了。

K.P.的署名旁，還貼心加註了Killer Pumpkin。大家早就知道了！X.Y.不服氣地想，但這個先見之明毫無反擊之力。知道了又如何？Killer Pumpkin還不是阻撓了黃采吟的救援，抓走了劉海蟾，控制了溫羅汀——

他拍下最新進度，上傳到臉書對話群組。

一看到照片，大家立刻討論起來。子月道歉：「我對不起大家OTZ。」

Jedsid立刻安慰他：「還有救，別放棄啊～」。

「而且K.P.說在海蟾他手上，沒說已殺。代表還能救，不要太早放棄。」Papaya也同意。

「沒救出來的話就真的要以死謝罪了……」子月依舊內疚。這時，X.Y.提醒大家。

「除了南瓜帽的留言之外，還有別的留言。」

在永樂座現場的他，又傳了幾張照片到群組裡頭，這留言並不是來自前陣子活躍的玩家，而是有點兒陌生的署名——
陌生，但一直被在意、被反覆提及的署名。
S.S.。

9.

……想不到還是來遲了。我有跟海蟾仙人說，請祂無論如何都幫我拖到二十號，因為在此之前我趕不上。之前祂一直希望延後綁紅線時間，便是希望能遁逃於黑氣底下的我們能代祂告訴紅線的危險性吧？想不到祂竟在這之前就出事……

我是S.S.，但不是最初留言的S.S.。雖然只是機緣巧合，但我們無意間接觸到這個「遊戲」，並以「S.S.」之名來確定黃小姐到底是不是我們的敵人。確定後，我們才慢慢循線跟這個遊戲的設計者——也就是海蟾仙人接頭，瞭解祂的情況。拯救溫羅汀究竟所指為何，這事說來話長，我先不越俎代庖，但現在的情況在我們意料之外，有些難辦。

第一，「S.S.」具有匿名性，所有人都可以自稱「S.S.」，在這個自稱底下，我可以是任何人，所以我也無法證明我確實站在各位這邊。本來我跟仙人約好，在我的回應旁，他可以回「為何這裡是一大片空白？」因為黑氣無法看到「S.S.」的留言，在它們眼裡，自然會覺得一片空白，這樣既能避開黑氣耳目，在我「預言」仙人會講出這句話後，仙人這位筆記本最初的執筆者也確實照辦，便能證明我與祂確實是同一陣線，但現在已經做不到了，所以我沒有保證自己確實與仙人同一陣線的辦法……

第二，這本筆記本是仙人的法術，與魚木連結在一起，筆記本的作用是蒐集大家對溫羅汀的瞭解，以增強魚木上自由之光的共鳴，利於以後轉移自由之光。但現在仙人被抓，我們也不知道該怎麼做了。唯一的方法就是救出海蟾仙人，我翻了前面的筆記，還有仙人留下的故事資訊，大約知道可以怎麼做，但要是不知道仙人被關在哪裡，我們也束手無策。而在仙人被害前，我實在沒有找到囚禁仙人所在的方式……

本來我們打算暫時癱瘓蟾蜍精監視網，讓仙人自己說明，但現在這麼似乎已無意義。我可以回答各位的所有問題，只要是我知道的，這是來遲的我至少能做到的事……但我甚至無法證明自己是清白的，各位能相信我嗎？

P.S.…也許黑氣還在看，當我們的對話有機密性時，請各位署名「S.S.」。請注意，各位必須知道「S.S.」的意義，知道它作為一種法術，能起超自然的匿名效果，必須意識到這點後再如此自稱，方得生效。請各位認真地這麼做。

S.S.……是新的希望嗎？

為了確認沒有遺漏任何資訊，X.Y. 翻了一下先前的筆記本紀錄，很快就發現：早在第十頁，S.S. 就已經出現過一次。那時 S.S 問維吉尼亞：「有意思，綠字作者，你看得到我的字嗎？」

維吉尼亞說：「？？Yes.」

S.S. 說：「謝謝，這對我們有幫助。」

下一行寫著：「S.S. 你是誰？」現在一看，正是操——劉海蟾的筆跡。原來如此，S.S. 文中說的正是這件事。既然如此，S.S. 也許是可信賴的？

如果還有任何可能能夠扭轉頹勢，那就絕對不能放過。既然 S.S. 說「我可以回答各位的所有問題」，那麼在有限時間內，他們可以做的事，或許就是問出那個「關鍵的問題」。

他馬上留言提問，而不在現場的人們也在群組裡開始號召：「我們大家也來討論一下該問 S.S. 什麼問題吧！」

10.

想請問上面這位 S.S.，原本拖到二十號之後，會有什麼改變嗎？另外，你知道如何轉移自由之光嗎？如果我們把自由之光轉移到原先的地點，還有救嗎？最後，你知道黃釆吟被關在何處嗎？既然你有辦法與她接觸的話。雖然無法相信你，但除了相信你好像也沒其他辦法了。

我是 X.Y.，也是 S.S.。

X.Y. 將自己的留言上傳後，其他玩家激烈討論起來，等他們統整出要問的問題，已是一小時後的事。X.Y. 代替他們把問題寫在筆記本上：

這是 X.Y.，代替一些朋友問問題：

1. 請問 S.S.，現在海蟾仙人的所在地，還有任何線索嗎？或是黑氣的根據地，有任何跡象嗎？

2. 請問黃采吟，①先前操說有留暗號給你，是什麼暗號呢？用 S.S. 之名說應該是安全的。②你好像恢復記憶了？請問你有想起任何事情嗎？（如當初怎被救，邵國盛還說過什麼之類）或是你是靠其他方法回復記憶的？

3. 請問 S.S.，雖然不知道海蟾的所在地，但你知道具體的拯救方法嗎？

代眾多 S.S. 問。

S.S. 4/20

接著 X.Y. 離開了。晚間九點多，子月趕到永樂座時，問題已得到回應：

X.Y.（同時也是 S.S.）你好。本來希望海蟾仙人能拖到二十號，是因為祂最初企劃的「遊戲」中，只打算轉移自由之光，但 2072、2073 畢竟在蟾蜍精監視網周邊，在轉移的過程中，對祂還是有很大的風險。我們是在遊戲開始後才接觸此事，當時便建議祂，若能癱瘓黑氣與蟾蜍精監視網的連繫，便能安全做到此事，這部分由我們準備，而我們至少要到今天才能準備好，因此這段期間並未出現（我也是中午看了，才知道過去曾有其他自稱 S.S. 的人）。但如今仙人不在，我們也不知道具體的轉移之法……

至於黃采吟的所在，在此我也直接向維吉尼亞說明。維吉尼亞現在被保護在魚木精創造出來的空間中。說來話長，本來仙人企劃的「遊戲」與你無關，但因為邵國盛遇害，他肉身雖死，靈魂卻被觀音大士保護，只是在蟾蜍精監視網下，無法保護太久，大士便將靈魂轉移到快要變化成精的魚木上，使得邵國盛的靈魂與魚木精結合，成為魚木的意識；本來自由之光被轉移到魚木上，只是偶然，但魚木成精，並擁有邵國盛的意識，使自由之光在溫州街一帶綻放，成為黑氣的阻礙。因為維吉尼亞你持續調查，被黑氣盯上，使觀音大士聯合邵國盛，讓他魚木內側創造一個超自然空間，將你保護在裡面，這件事也迫使海蟾仙人改變「遊戲」架構。

我沒有直接與黃采吟接觸的手段。仙人或許可以透過託夢之類的辦法，但就我而言，我也只能透過筆記本與黃采吟溝通。

海蟾仙人的所在，如果我們動員所有資源，是有可能知道，但那可能需要好幾個月的時間，海蟾仙人不確定是否能撐下去。畢竟我們的力量遠遠不及蟾蜍精監視網……至於黑氣，則是遍佈全臺，以它們的性質來說，要全部殲滅也是不可能的，也不存在所謂的根據地，只要有人，到處都可以是它們的根據地。我們只能與之抗衡。

若是知道仙人所在，拯救之法我大約猜得到。黑氣可能將祂封在某個空間中，只要破除封印即可。雖然其中有些棘手的細節，像是懷有自由之光的各位要怎麼進入黑氣環境，而且破除封印的法器必不常見，但黑氣留下的紅線，本來是要劫出黃采吟，只是魚木特別提防它們，所以它們自己掛上紅線無法破除。現在紅線被誰收走，大概在它們的意料之外，如果知道海蟾仙人的所在，紅線便是我們觸手可得的強力法器。說到這個，請藏起紅線的 X.Y. 務必保護好紅線，我們也在思考找到仙人所在的方式。

太好了！子月連忙將 S.S. 的留言拍照上傳。下午看見訊息時，本來覺得萬分懊悔——明明早就識破了南瓜帽的真實身分，竟然沒能阻止她！雖然是十七號才發現這點，但如果那時多做些什麼的話，說不定就不會變成現在這樣了，這教他如何甘心？而且南瓜帽那句「by the way 我並不在意是否要殺你」也未免太瞧不起人。

現在，S.S. 提供了拯救劉海蟾的方向與可能，只要有一絲一毫的機會能救出海蟾仙人，將功贖罪，他就會拚盡全力。

11.

隔天中午，Papaya 趁午休時間趕到永樂座，上傳最新回應。首先是維吉尼亞：

To X.Y. & 大家

我沒有恢復記憶，我做了一個夢——上次某刻突然很想睡，我平常雖可以睡覺，但未有如此濃烈的睡意），夢裡的仙人（操）告訴我，他遇到危險，不知道能夠撐多久，但一旦他被抓了，我也沒有出去的可能。不過他事先和一個人約好過，他會來幫助我們。他們約定下一個暗號：「這裡為何有一大片空白？」既然第一個 S.S. 把這句話說出來了，那麼他應該就是和操約好的那個人。

操把暗號托付給我，是因為我能代替他傳達、確認。

原來如此！透過螢幕看到這段話的 X.Y. 總算瞭解暗號的意思。雖然 S.S. 終於趕到，卻無法以暗號的方式向其他人證明自己確實可信；但操在被抓前，將暗號告訴維吉尼亞，透過維吉尼亞，就保證了 S.S. 協助者的身份。

仔細想想，昨天早上維吉尼亞之所以對「暗號」那句話無動於衷，反而是知道暗號意義的證明；暗號尚未出現，所以無法表態。這也裡所當然，那時 S.S. 尚未留言，如果維吉尼亞說她確實知道暗號，K.P. 一定會繼續關注這本筆記本，事情將變得極為兇險。

維吉尼亞的沉默，是為了讓南瓜帽確信自己已經獲勝。

接著維吉尼亞對 S.S. 說：

操還告訴我一件事，也就是要我告訴你，癱瘓黑氣和蟾蜍精監視網還是有意義的。但是他來不及做更多說明，只說只要這麼做了，就會明瞭他說的意義是什麼。

S.S.

看完這些話，子月的心情與 X.Y. 不同——這下目標明確了。癱瘓蟾蜍精監視網！如果南瓜帽或是那個什麼黑氣，以為抓走了劉海蟾就能萬事太平了，那就大錯特錯了。

是報這一箭之仇的機會了。次頁，**Papaya** 上傳的照片載明了癱瘓黑氣的方法。

12.

黃小姐您好：

原來如此，那麼我便了解了。這就向各位解釋癱瘓黑氣與蟾蜍精監視網聯繫的方法：

海蟾仙人透過這本筆記本施展的道法，其實非常高妙。他在誘導各位的同時，將各位對溫羅汀的理解，轉化為力量，增強魚木上自由之光的力量。這種屯積力量的道法，就是我們打算拿來利用之處。雖然在蟾蜍精監視網的監視下，諸天神佛無法主動行動，但各位的行動，無疑在監視網之外；在此我想請求各位，這件事必須透過「各位」的行動，才能「屯積」——我想請各位借助諸神的力量。方法很簡單，請各位去各宮廟，向神明祈禱，請神明借各位幫助溫羅汀的力量，請神明讓各位拍下祂們的神尊。拍下神尊後，將照片放入筆記本中，並在筆記本後面標出是哪一尊神，位於哪間宮廟。我們至少需要五間宮廟的力量。麻煩各位了。

S.S.

早從昨天那位S.S.出現，玩家都在摩拳擦掌了，他們可不想讓南瓜帽繼續氣焰高張下去。群組裡，大夥躍躍欲試。

「照片要怎麼印啊？」安東向群組裡的大家詢問。筆記本裡有不少ibon明信片，這應該是大家最習慣的形式了。在大家的熱心的教學下，安東立刻踏上訪神之旅。

「我本來就滿愛拜拜的，五間以上不是問題。」他如此發下豪語。

「記得署名要寫S.S.喔！」X.Y.提醒。

「對喔，不然今晚會變成弒神大會……」

沒寫S.S.的話，哪些神參與了此事，便都曝光了。

「交給你們了，我要下班之後才能回家印照片……」

子月哀怨地說著。最想報仇的他，第一時間卻反而無法行動，真教他坐立難安——希望海蟾仙人能撐得久一點，下班後他就也能去貢獻一己之力了。

他沒想到的是，一個半小時後，安東一個人便帶了二十多尊的神像照片衝進永樂座。

To S.S.

所以假設一間宮廟有許多個神尊，我們只拜一尊和拜下各尊的力量也會有差對吧？即使是同一宮廟，只要神明不同，祂們都會給我們力量？（但是好像還是要至少去問？）

我們會盡最大努力的。

S.S.

To S.S. 汀洲路上的宮廟神社我幾乎都問了，大家都願意伸出一臂之力。寶藏巖、關帝廟、三聖宮、永興宮、無相門、聖靈寺、北天宮、[illegible]廟、南宏宮、和聖壇、五帝廟、義靈宮、無極聖殿、天佑宮都願意幫忙（還有台大伯公亭、白靈公廟）

神明共有土地公×4、天上聖母×4、八家將×2、關聖帝君×2、白靈公、虎爺、三太子、五路財神、觀音大士、文聖帝君、鴻森元帥、玉皇大帝、地藏菩薩、釋迦牟尼佛祖

接下來呢？（神奇宮）

「清真寺和天主教堂行不行啊？」他甚至這樣問，讓群組裡的人們驚呼連連，還私下給了安東一個稱號：「神明追跡者」。

「這神明數量都可以組一支棒球隊了。」Papaya說。

「再湊下去甚至足球隊或橄欖球隊都不成問題。」X.Y.也評道。

另一邊，筆記本上也小規模地歡聲雷動。

S.S.的熱情滿出來啦！S.S.

太強啦！大家給黑氣好看啊！S.S.

太厲害了！S.S.

抽空到永樂座的玩家，見到壯觀的神佛像照片集，紛紛都在筆記本上歡喜讚嘆，就連給出指示的那位S.S.，也對這效率感到驚訝：

各位S.S.盟友大家好。想不到在短短時間內，便已蒐集到這麼多神明力量（雖然有些神明所處位置離溫羅汀有點遠，效力較低），自由之光果然不可小覷。我們已經透過筆記本的力量，借用神明力量對蟾蜍山黑氣進行攻擊了，以目前的情況，大約可將黑氣與蟾蜍精監視網的連結癱瘓約三天。雖然我們不確定這麼做有何幫助，但就靜待仙人留下的布局吧。

S.S.

13.

Dear All(S.S.s)

大家實在太厲害了，或許是神明的力量影響，連我這裡也感到不同的氣氛（似手變得比較放鬆？有點難形容，就是感覺不再這麼緊繃）

我想我明白仙人的意思了。

他所說的「癱瘓黑氣和蟾蜍精監視網還是有意義的」，確實，要找到仙人所在，還有什麼比蟾蜍精監視網自身更強？我猜應該是癱瘓蟾蜍精跟黑氣的連繫後，蟾蜍精暫時脫困，牠剛剛居然出現在我面前，說仙人被關在煥民新村，也說解開三個封印才能救祂。蟾蜍精留下以下這個地圖：

A175

36 ← 100-041 → 12

仙人被關在煥民新村，要解開三個封印才能救祂。蟾蜍精留下了一張地圖（圖示見上）

我看不懂，但我想到了煥民新村的人一定能明白，

這就麻煩有行動力的各位了。

蟾蜍精似乎對自己被利用感到悲傷又憤怒，

但又無能為力……（好想拍拍牠）

S.S.

我看不懂，但我想到了煥民新村的人一定能明白，這就麻煩外面的各位了。
蟾蜍似乎對自己被利用感到悲傷又憤怒，但無能為力……（好想拍拍牠）

S.S.

原來如此！海蟾仙人知道自己會被抓，要是沒被除去，一定有囚禁祂的地方；所以仙人留下的這最後一著，就是留下路標，讓有辦法救祂的人能找到祂。雖然如此，居然是當年被祂收服，現在卻不得不受黑氣控制的蟾蜍精……

這訊息讓 S.S. 馬上有了動作。

！……原來如此。

解開複數封印，這點與我們預期的相同，黑氣一定會尋找「有門」的地方封印海蟾仙人。幸好只有三個地點，要是更多的話，三條紅線便不夠了，只能解開魚木上的紅線來加以利用。

各位 S.S.，要救海蟾仙人必須達成兩件事：

一、依照蟾蜍精的提示解開三個封印，方法是把紅線綁在門上（最好是門把）。

二、設法欺騙黑氣。因為在我們轉移自由之光前，煥民新村還在黑氣籠罩之下，如果讓它們注意到，它們可能會緊急轉移海蟾仙人的位置，那時可能就會放到很遠的地方去了……

我翻閱仙人留下的故事，雖然我猜仙人點出流浪 ing 旅行書店的「鈴鐺」，是要用來追蹤，或是分析黑氣的力量，因為那是南瓜帽用來散佈黑氣的工具，但在現在的情況下，我猜我們可以用它來隱藏自由之光……！所以請各位在前往煥民新村前，請務必帶著這個鈴鐺。
只要達成以上兩件事，我想便能拯救海蟾仙人了。但有件事請特別注意：
這件事一定要在「白天」進行。如果是晚上的話，自由之光太過耀眼，會引起黑氣注意。
S.S.

要弄到鈴鐺，對行動力超群的玩家們來說不成問題。D.A. 即刻進到流浪 ing 店裡，偷偷拿走了鈴鐺，雖然對店員有些不好意思，但還是救仙人要緊。他在筆記本上留言通知大家：
「鈴鐺已移交，子月和 X.Y. 知道。」
群組裡，其他的玩家們則努力解讀蟾蜍精留下來的地圖。
「那串數字很可能是門牌？」X.Y. 這樣猜測。
究竟是不是門牌，也許只有去一趟煥民新村才會知道了。
在群組裡的所有人，約定了要一起到煥民新村解救劉海蟾，子月也在筆記本上寫下了時間地點，向其他沒有在群組裡的玩家邀約：

星期六下午兩點。

理所當然的，署名 S.S.。
無論如何，接近最終決戰了。

溫
羅
汀
是
我
們
的
了
！！

想得美，
不可能啦！
S.S.

最好是！！=3=
S.S

不會交給你的。
S.S.

不是。S.S.

不是你的～
就別再勉強～
S.S

想太多！xoxo
S.S.

K.P.
"Killer Pumpkin"

14.

隔了兩日，四月二十三日當天。

這天是屬於「事件」的日子。

子月、紅椰、蔚藍，「村長」小部與她的朋友村民A和村民B，約好在永樂座書店裡集合，X.Y.、Papaya、jedsid、安東等人各自因故無法出席拯救行動，只能在網路的另一端聲援。

子月根據D.A.指示，找出了藏在永樂座裡的南瓜提袋與鈴鐺，拿在手上，心裡說不出的忐忑。他不時查看時間，也留意書店門口進出的人們——要是南瓜帽這時突然出現，可就太不妙了。

至此的行動都是用S.S.署名聯絡，有這結界保護著，應萬無一失。然而，前一天玩家S.J.卻一時不察，留下了幾乎暴露行動的訊息，雖經過D.A.補救，但難保南瓜帽那一夥沒有看見。不過話又說回來，南瓜帽自從留下那則張狂的勝利宣言之後，就不曾再出現過了，應該，子月心想，應該不至於走漏風聲才對。

夥伴陸陸續續進門。永樂座裡如往常一般安靜，仍是一樣的環境，一樣的桌椅，一樣的筆記本，一樣的人；但是，感覺卻不一樣了——有一種特別的、盛大而澎湃的感覺，在他們心中蓄勢待發。

下午兩點。時間到了，人也都齊了。

「出發吧！」他們推開永樂座的大門。

據永樂座老闆說，玩家們集合的那一幕，簡直像什麼誓師大會。

這天天氣很好，氣溫高達三十度，幾乎所有人都穿了短袖。他們沿著臺大校園走了一段，聽著一旁羅斯福路川流的車潮，一路走到與基隆路高架道路的交叉路。此處交通繁忙，約有六條道路在此交會，他們花了一些時間在這裡等紅綠燈，小心翼翼從高架道路底下越過這個路口，而後沿著圓環走一小段，進入其中一條巷子。

車聲馬上安靜了下來。這裡靜謐得不像是公館的一部分，誰也想不到在離公館這麼近的地方，竟有這樣桃花源般的地方，就像經過時光隧道而來。

他們抵達了蟾蜍山下的空軍眷村。

即便緊鄰著熱鬧的圓環，這裡卻像是另一個世界，自有悠閒、自在的步調。抬頭，可以看得到蟾蜍山，以及山頂的軍事雷達。

如今，軍事雷達應該無害吧？子月與其他人交換了眼神。如果不是因為這場遊戲，不是因為劉海蟾留下的那些故事，誰會知道公館舉目可見的蟾蜍山頂，竟也是蟾蜍精監視網的一環呢？又有誰會知道，這寧靜的眷村中，居然囚禁著被黑氣捕獲的仙人？籠罩著溫羅汀，如今已經白熱化到必須用特別行動來挽回的危機，又有幾人能知曉？

現在，就只有他們這些「遊戲玩家」能助溫羅汀一臂之力了。

「應該就是這裡吧？」

子月指著他來過的廣場。幾天前他才來這裡看過半城影展，得知是兩棵老樹保護了煥民新村不被拆遷，那天他沒遇到什麼人，只有明羽來和他打過招呼。白天的蟾蜍山廣場，和上次所見有些不一樣，夜晚那時候山腰上燈光閃爍，民宅內傳出炒菜的香味；白天的景象，則很神奇地有著令人意外的遼闊感，天高地闊，可以直直看見錯落房屋背後的蟾蜍山。

「走這邊。」將南瓜帽的鈴鐺舉在前頭，認得路的子月領著大家。

眷村像迷宮般，有好幾道往上的石階，整個村落依山而立，每走幾步，就有一條分岔出去的道路，通往橫向的一排屋舍。他們在石階上緩步而行，小心注意著步伐，一方面避免踩空——另一方面則是下意識的放輕腳步，像是不想驚動這裡蟄伏的任何事物一樣。

房屋十分古老，有些還掛著門牌，有些則只能見到鋁牌曾掛著的痕跡了。有些房舍還住著人，有些則人去樓空。下午的眷村靜悄悄的，他們在或許比自己都要年長的建築物之間穿梭，幾雙眼睛半好奇半嚴肅地四處地探看。

「你們看，這棟的門牌號是『12』耶！和X.Y.說的一樣，數字真的是門牌吧！」首先打破寧靜的是小部，她指著其中一棟房子對大家說。

「……咦，但也有這種數字，會不會指的是這個啊？」蔚藍卻看到了另外一組數字，以紅漆漆在牆上。

他們這才發現，幾乎每一棟房屋，都用油漆寫下了某個編號。蟾蜍精給出的數字是「A175」、「36」跟「12」……這些數字，到底指的是門牌，還是漆字的編號呢？

一時之間拿不定主意，他們先記下了門牌「12」的房屋位置，而後繼續在村中搜尋，然而，差不多走遍了整個山頭，除了在門牌上找到「12」以外，他們並沒找到其他與蟾蜍精描述相符的數字。

只剩下一小段路。他們沿著階梯往上走，卻很快就走到了底。石階底端是一戶民宅，門正好打開來，出來了一位穿著拖鞋的阿伯。他注意到他們這隊和周遭格格不入的人群，一臉好奇地看著來到他家門口的陌生訪客。

該去問路嗎？子月還在猶豫時，蔚藍已經鼓起勇氣開口了。

「您好，不好意思，我們在找路……」蔚藍邊說邊斟酌措辭，好像思索怎麼樣可以表達他們在找的目標。既不是誰的家，也不是哪個有意義的景點，而只是一組編號……一組通往解救某位仙人的編號。

這種事，要怎麼向旁人開口？

「我們在找一棟房子，請問您知道門牌是『36』或『175』的房子在哪裡嗎？」

「我不知道。」阿伯搖搖頭，同時似乎感到困惑，他的眼神似乎在說：這群年輕人，假日下午不去看電影逛街，來這種偏僻地方問門牌做什麼？

「那，請問您知道房子上寫的那些數字是什麼意思嗎？就是每棟房子都會寫的那個編號，紅紅的。」

子月出聲問。因為和阿伯隔著一段距離，所以他稍微說得大聲了一點，但又不敢太大聲，怕吵到其他住戶。阿伯一樣搖了搖頭。

「沒關係，還是謝謝您。」蔚藍簡短道謝，一行人趕緊轉身往下走，幾乎是落荒而逃。子月搔了搔頭煩惱著。繼續在這裡張望，看來難有答案，還可能被當成可疑人士……

沒想到拯救行動會遇上這種難題。

15.

「對了！要不要去停車場那邊看看？」紅椰靈光一現：「Papaya 曾經跟我說過，編號 2072、2073 的那兩棵老樹，就在停車場裡。」

「喔！很有可能耶！」

子月和其他人重新振奮起來。他們走回山下的平面道路，這回由紅椰領路，一夥人往後

頭再走了一小段，抵達了停車場。

停車場一邊，果然有一條窄小的通道。從外頭望進去，可以看到通道裡有攝影師跟模特兒正在拍照，是穿著旗袍的模特兒。

「進去看看吧。」蔚藍附和著，他們便走進那條巷弄中。

和剛才走過的廣場後那一個區域相比，這一區的巷弄顯得窄小許多。沿著最初的巷弄走到底，到了一個交叉路口，往前還有一道狹長的縫隙，左邊、右邊也各有通道。

前、左、右，這三條路的位置，幾乎就和蟾蜍精留下的圖一模一樣！他們不知道，其實這裡才是真正的「煥民新村」，剛剛還有人住的區域，是圍繞著煥民新村的非列管眷戶，他們在當年官方住宅不夠的情況下，自力更生地建立起這個群落。

「先往前走吧？」

大家鑽進那條狹長的通道，進去之後，左

右各有一棟房子。

「大家看，這棟房子就是A175！」紅椰指著右邊房子牆上黃漆的數字說道。

「就是這一棟的門把嗎？」

「圖上有個箭頭，是要我們走上階梯去的意思？」

看來答案近在眼前。他們拿出了紅線，子月禁不住心跳加速了起來，終於到這一刻了！他捏緊手中的南瓜提袋，深呼吸，轉頭看著其他人——

卻見他們全都站在原地，沒有上前的意思，不知道想著什麼。大家的視線忽然全都集中在他身上，讓他一瞬間覺得有些彆扭……

「子月，交給你了。」紅椰笑著把紅線遞給他。

「咦？為什麼？」子月驚訝道。

「你不是一直很想贖罪嗎？是你害劉海蟾被抓走，你得要負責把他救回來。」村民三人組也在一旁起鬨。

「這就是所謂的『解鈴還須繫鈴人』，上吧！子月。」蔚藍說。

他們是不是策畫這一幕很久了？子月不可置信地看著其他人忍笑的臉。不過，的確是他害慘了海蟾仙人，「要贖罪」也是他說過的話沒錯……

完全無法反駁。

「好啦，我綁就是了……」

如果有什麼危險，我就擔了吧！子月心一橫。他接過紅線，獨自一人，在大家的注目下，一步、一步走上階梯，在門把上綁上了紅線。

他屏息等了一秒、兩秒。什麼事也沒有發生。子月鬆了一口氣，跳下階梯回到其他人身邊。

目前為止一切順利。

但這只是第一步。

「接下來往左邊走吧。」回到岔路路口後，紅榔替大家這樣決定。

左邊的巷道也十分窄小，從牆旁穿過，可以看到一排房子。其中有一間，上頭用紅漆寫著的，正是數字「36」。

好！看來就是這裡！子月拿出紅線問：「這次換誰？」

……沒有人應聲。子月再度感受到視線集中於一身的壓力。

「幹嘛又看著我？」他囁嚅地問，「都我去綁的話，大家不會很沒參與感嗎？」

「不會啊，看你綁我們比較有參與感。」

「快一點嘛，我們幫忙拍照上傳群組。」小部與村民A、B，都將手機鏡頭對準子月。

「再說一次，『解鈴還須繫鈴人』啊，子月。」蔚藍也拿出手機。

這些人難道是來郊遊的嗎！一時之間，子月無言以對。看著大家輕鬆的態度，子月開始覺得忐忑不安的自己簡直跟笨蛋沒兩樣，面對危機，到底為什麼他們能夠如此坦然呢？子月還真是大惑不解。

可是，也是托大家的福，他的心情放鬆許多，總算不那麼緊繃了。

標著「36」的門已經脫落，他費了點心力，稍微固定住門扇，才把紅線綁上去。「加油加油，就差一點了！」紅椰替流著汗的大家打氣。

16.

一行人再度回到岔路。此時，在中心點的屋簷下，他們才終於發現了一串數字——是「1001-041」，也就是蟾蜍精寫在地圖中間的數字。雖然他們已經綁完兩條紅線，仍然不減見到數字時的驚喜。

「不愧是蟾蜍精，指示好清楚！」

大家驚呼幾句，又提起精神，往右邊的那排房舍探索。在一間停有腳踏車的房屋窗口上方，總算找到了數字「12」——

這就是真正的「12」。

是最後了。

剛才還嘻嘻鬧鬧的人此刻彷佛也感受到了關鍵時刻的氛圍，斂起笑來，專注地看著眼前的門。子月也沒有再推辭，自動地接過紅線，走上前去。

把紅線繞過豬肝色的門把。

將兩條線頭相互交錯。

繞圈，拉起。

再加上一個結。

——最後牢牢地拉緊。

好了！子月退後了兩步，仔細感受周遭動靜……但是，似乎平穩如昔。就這樣？這樣就行了嗎？海蟾仙人得救了嗎？他心中總有些不踏實。他默默走回其他人身邊。

「完成了。」子月說。

蔚藍點頭：「好囉，那我們回永樂——」

話還未說完——就在那一瞬間——地上突然由遠而近地，傳來一陣地鳴。

竟然地震了。

「發生什麼事？怎麼會這樣？」

突如其來的晃動使所有人猝不及防，他們一個踉蹌，彼此攙扶才沒有摔倒。山上的樹林裡，鳥兒被驚飛起來，一時之間，天空中劃過許多飛鳥的影子。其中有一隻特別不同，看上去像是——鶴？

「那是——」子月指著那隻鶴喊著。

一定是海蟾仙人！X.Y. 找到的資料中，曾提到海蟾仙人成仙時「化而為鶴」，一定是祂！成功了！祂脫困了！他幾乎掩藏不了內心的激動，吶喊卻哽在喉頭。只見白鶴在蟾蜍山上盤旋了一圈，接著往遠處飛去，白鶴的剪影越變越小，越變越小，最終消失在天際線上，子月才緩緩呼出一口氣。

地鳴聲與鳥聲漸漸止息。

「呼呼，差點站不穩。」他裝作若無其事，笑笑拍著胸，一轉頭，卻見其他人還茫然而凝重地望著天空。

「是我們造成的嗎？」小部楞頭問。

「只是時機太剛好，以至於像綁紅線所導致的……吧？」

「是吧……？」

他們不可置信地低頭看向門把上的紅線。

「喂喂，你們在說什麼……？」子月問。

「剛剛地震了耶！」小部與村民都還沒從剛剛的震懾中恢復過來。

「看你的表情，難道早就料到了？」紅椰也非常驚訝的樣子。

「嗯……我沒有想到會是地震。不過，我確實想過應該會有些什麼效果……放出光之類的——」

「不，我的意思是，這是真的——這『遊戲』裡真的有什麼神奇力量。你早就知道這件事了？」蔚藍意外地看著他。

子月啞然。

對其他人來說，這只是「遊戲」嗎？

但對他來說，遊戲與現實的那條邊界，在四月十八號他遇到南瓜帽的那天晚上，就被徹底打破了。

所以，沒錯。

「我早就知道了。」子月萬分篤定地說。

17.

回程的路途上，他們陷入一陣沉默，並不是無聊，只是找不到可訴說現下奇異心情的話語。這些怎麼樣都不像是區區「遊戲」可以做到的，一切太令人難以相信了——就連子月也不禁這樣感嘆。每個人心裡都思考著不一樣的環節，回味著不一樣的心情。

但所有人都有同樣的想法：沒想到居然真的完成了拯救劉海蟾的法術。

「如果我們不救劉海蟾，他會怎麼樣啊？」村民A喃喃這樣問。

「不知道⋯⋯不過，溫羅汀應該真的會很危險吧。」子月說，一邊甩著南瓜提袋和鈴鐺。

聽到這話，紅椰與小部露出複雜的表情。也難怪他們訝異吧——在以為只是「遊戲」的情境下，不知不覺已經完成了那麼偉大的事情。如果沒有南瓜帽促成的意外，這應該就是海蟾仙人最初的設計，玩家不知不覺間，真正拯救了溫羅汀。

蔚藍一面走著，一面把子月綁紅線的照片上傳到群組。群組裡的玩家們紛紛按讚，祝賀救援行動圓滿成功。

「感激我們吧，海蟾，哈哈哈。」

遠在彼端，沒有目睹到異象的X.Y.，還一派輕鬆地嘲笑著劉海蟾。

18.

回到永樂座後，筆記本上出現了一則新的留言。

「是海蟾仙人！好快！」迫不及待捧起筆記本的子月對大家宣告。

謝謝各位拯救，這次實在是千鈞一髮，也是我太大意了。但只要黑氣一日掌握蟾蜍精，我就只能遁逃；監視網是針對所有神異，即使我自稱「那個名字」，也無從閃避。現在我說的這些話，也無法從黑氣眼底下藏匿，所以我不會交待自己的去向。至於轉移「自由之光」之法，我已完成基本的道術，接下來就交給各位了。我說過，希望各位能拯救溫羅汀，是因為溫羅汀這個地方的自由之光，必須讓更多人知悉，才能維持，而這些事，只有在各位深入溫羅汀探索的過程中發現，才是有意義的。因此最後轉移自由之光，也必須透過各位的手，親手完成。

方法很簡單，現在魚木便散發著自由之光，它開出花，也是每一朵都散發著。請各位蒐集魚木的花朵（或是採取），將之放在2072、2073的樹根邊，並拍照放回筆記本中。放回筆記本後，這個筆記本會成為中介，將魚木的力量轉移過去，並透過瑠公圳遺跡，掃除這一帶黑氣。

這不是真正解救了溫羅汀。不過是開始而已。但確實可以解救黃小姐。在清除黑氣後，這一帶會脫離黑氣控制。本來要是放出黃小姐，黑氣都能在第一時間抓走她，但現在做不到了。清除黑氣的時間需要一天，在各位這樣做之後，邵國盛應該隔天便會放出黃小姐了吧。

為了逃亡，我還有需要準備的事，能說的話到此為止。最後我敬告黑氣：你們最後是不會得逞的。只要看到燈火的人都點起一盞燈，你們便不能趕盡殺絕。我相信即使是被黑氣影響的人，心裡頭也還是有燈，只是有沒有被點亮而已。後會有期。

操

「2072、2073，要回去停車場那邊嗎」村民B抬頭，望著剛從煥民新村走回永樂座的大家。

永樂座到煥民新村的一段路程，可以說橫跨了整個溫羅汀，步行來回遠征一趟後，老實說大家有點累了。

「我有機車，我可以騎車過去。」子月馬上自告奮勇，大家鬆了口氣。

「那我們去幫忙撿魚木花吧。」紅椰提議。

19.

四月初遊戲開始時，魚木還是一棵枯木，但在隨著遊戲進行，它逐漸萌動，逐漸生長，逐漸綻放，如今，盛開的魚木花朵落了滿地。不必摘取，隨手撿拾便是。他們拾起花朵，端捧在手心，那重量輕盈得不像是一條生命。

但如果一切都是真的，那「邵國盛」的靈魂，此刻的確就是在這棵樹裡寄宿著吧？

子月騎著摩托車抵達煥民新村的停車場，把魚木花朵撒在兩棵老樹下，拍了照片，小部將他上傳的照片印了出來，小心翼翼地放入筆記本——這便是他們所有行動的終點了——回到永樂座的子月，和大家一起百味雜陳地看著那兩張照片。

總算大功告成。

這就是最後了吧？闔上筆記本，把已經沒有用處的鈴鐺留下，走出永樂座店門，參與救援行動的眾人，在店門口彼此鄭重道別。明日，維吉尼亞將會脫困，而神奇筆記本將會失去它的效力。這一個月以來的點點滴滴，都將成為過眼雲煙……子月有些失落。之後，他再也不需要天天來永樂座看筆記本了。他在這裡遇過那麼多形形色色的人，雖然有破壞型玩家，但也遇上了肯傾聽他煩惱的知心人。屬於永樂座，屬於溫羅汀，屬於這個四月的「日常」，居然已經走到了盡頭——

一想到這裡，子月突然覺得惆悵萬分。

20.

當晚，X.Y. 看見筆記本寫著某句話。

感激我們吧，海蟾，哈哈哈。

署名是 X.Y.。他下午的確是這樣在群組裡說過，但筆記本上當然不是他寫的，字跡也不像。

說到字跡……他看了下一行字。

子月代筆。

果然。

「剛剛發現被子月出賣了……」他在玩家群組裡假裝抱怨。

「哈哈哈哈哈哈哈。」子月似乎很開心的樣子。

他傳了一隻作勢要揍人的熊，子月則回以一隻搖擺著的貓，看來全無歉意。群組裡其他人傳來另一陣爆笑。

X.Y. 在螢幕前邊搔頭邊苦笑。

這個孽緣一般的情誼，大概是這一個月所留下的，另一個令人欣慰的結局了吧。

21.

親愛的各位：

謝謝你們，我已經脫困了，獲得了自由之身，得以親自到永樂座寫下這段文字，向你們報平安。

真的非常謝謝你們，雖然這樣說有點空泛，但是當我發現自己坐在廣場中，聞得到魚木的氣息，並能感覺到空氣的流動時，心中是十分激動的。關在裡面這麼多天後，第一次呼吸到外面的新鮮空氣，感受到自己真真正正地「活著」。

我從魚木廣場一路走到永樂座，筆記本果然真的在這裡。在現實世界裡看到它的感覺很奇妙，好像很陌生，但是它又是那麼熟悉地保存了我與你們的所有對話。原來過去的你們，就是坐在這裡寫下那些留言的。

我知道如果沒有你們深入的關心與行動，我不會有機會坐在這裡。我很感激萍水相逢的你們的幫助，讓我最終能夠獲救。但我還是難以為自己的脫困慶幸，因為經過這一連串的事情中，我失去了我的朋友。邵國盛已經永遠的回不來了。雖然他的意識還附在魚木上頭，但是作為人類的他卻無可挽回的死去了。

一開始幫助我的仙人，中間也一度陷入非常緊急的危險。雖然他跟我一樣都因為大家的行動而獲救了，但是面對這麼多的狀況，我實在無法高興地說，所有災厄都必然化險為夷。我非常感謝你們所做的一切，但是請原諒我，在心情上很難不擔心。我想到操所說的：「不是真正解救了溫羅汀。不過是開始而已。」黑氣一旦沒有被徹底清除，它或許哪一天會再壯大起來，危及我們。到時候，還是有可能出現像邵一樣的犧牲者。我雖然不願意看到，但也不能確信它不會發生。

邵在書上最後留下的話：「請持續關心身邊的人。」我一直記在心裡。在人心變得越來越冷漠的時候，我們能夠以自己的力量做點什麼呢？不知道是否足夠關懷他人，就能把光明的力量傳播出去呢？現在魚木正盛開著，那自由之光，是邵以他的生命為代價換來的。我想從今往後，我都會記得他是如何奮力的守護了溫羅汀這塊地方所具有的價值。

采吟　4/24　11點

黃采吟簽上名字，蓋上筆蓋。這次不是綠筆，不是海蟾仙人在那個空間裡留給她的綠筆了。她向永樂座借了筆，寫完這些話，之後，以手指撫過一張一張書頁，好久好久後，才戀戀不捨地闔上筆記本。封面上的魚木和她剛才所見一樣燦爛，引得她又專注地盯著看了一會兒，等到終於抬眼，她正好對上了店員視線。想起自己曾在筆記本中留下自畫像，不知道店員有沒有認出她來？

她向店員微笑點了點頭，算是打聲招呼，而後慎重地放下筆記本，轉身離開，打開了永樂座的玻璃門，踏入了久違的日光之中——

黃采吟真正地自由了。

22.

感謝各位出手相助。海蠕仙人的事，我們會想辦法。雖然最好脫離黑氣掌握的方式，是離開臺灣，但就算有些風險，我們也會想盡辦法將海蠕仙人留下來。因為這些風險是有價值的。拯救溫羅汀的事尚未結束，因為黑氣在看，所以海蠕仙人不願明說，但祂留下最後的故事，說明了為何溫羅汀需要拯救，故事被放在「奇異果文創」，並請我們代為轉達。

這是屬於各位的故事，我等S.S.只是旁觀者，如今事情能有善果，我等為各位喝采。接下來，就讓各位親手為故事拉下布幕。

S.S.

奇異果文創

二零一四年三月十八日，臺灣發生了大事。十七日，張慶忠直接宣佈有爭議的《海峽兩岸服務貿易協議》初審通過，送立法院存查，隔天，人民便激動地攻佔立法院，轟動世界。二十三號晚上，人民再度攻進行政院，二十四號凌晨遭到暴力驅逐。

這帶來難以想像的衝擊。

因為抗議民眾其實沒有嚴重的暴力行為，大多還是靜坐抗議，卻遭到暴力對抗，這是應該發生的嗎？在一個民主、自由的國家，這是該發生的嗎？這些畫面被民眾實況傳播出去，短短幾小時內，許多習以為常的事被重新反省，帶來思想上的巨大變革。

一九四九年，發生四六學潮時，臺大校長傅斯年曾對來逮捕學生的彭孟緝說：「若有學生流血，我要跟你拚命！」這話在「三二四事件」後引起廣泛的同感，生命、自由的價值像火光般閃亮，一時間，學生們紛紛到傅園獻花，讚美這段話背後的價值。

邵國盛也是那時見到傅斯年的鬼魂。

三一八前，他便與社運團體有些接觸。那時他雖見過「黑氣」，卻沒意識到那是什麼，但三一八後，那股黑氣簡直就像流水一樣漫出來，令他毛骨悚然。他忽然注意到「黑氣」的真面目。被黑氣纏繞的人們，變得根本不關心這些，如果真的有反對意見就算了，但他們卻是漠然，毫無主張，只覺得這些人怎麼這麼吵，為何干擾我們生活的「小確幸」，甚至有人說乾脆全都抓去關一關。

其中甚至不乏邵國盛的朋友。

讓他害怕的是，他們有不少是「好人」，至少他這麼覺得。當然，每個人都關心與不關心的事，他也瞭解，這世界是如此沉重，沒人有資格要求所有人關心所有事。但，只因不關心，就事不關己地譴責「小小的雜音」……？

或許有人說，不，這雜音一點都不小，但事實上，比起國家機器是小的。事情結束後，國家要秋後算帳很容易，但打人的警察就算被正面拍到，也不會被懲處。國家有選擇懲罰對象的力量，而且能做得輕巧優雅，比呼吸還自然。比起這種巨大的無聲，不管多大的聲音，都只能被視為渺小。

但邵國盛知道，還有比那個更巨大的無聲——就是對一切漠不關心的「群眾」。

那個自海洋升起、遲鈍又對自己的毀滅性一無所知的利維坦。

利維坦劈下雷霆，送來冷嘲熱諷的雨；二零一四年三月下旬起，那短短一個月，對某些人來說就像夢，有些人還覺得那是一場劇痛又醒不過來的夢；那些需要反芻的意義與記憶，至今還在喉舌間，難以吞嚥。所謂的「覺醒」只是激情，事實上，冷漠仍如蔓延的僵屍，茫然行走人世。

二零一六年年初，邵國盛來到傅園。

「傅校長，我能向您借您當初提過的殷海光的遺留物嗎?」有著陰陽眼的男同志說。

兩年前，他注意到黑氣無法進入傅園，當時傅斯年的鬼魂便跟他說過「殷海光的遺留物」之事。他本不認識殷海光，但在知道「殷海光的遺留物」後，他開始瞭解殷海光的事，其中，他看到殷海光在寫給張灝的信中自稱「Being ruggedly individualistic」，說這種人不屬於任何團體，任何團體也不要他，這番話就像一根針，刺進邵國盛的心。

他從小就看得到別人看不到的東西，這帶給他難以言喻的孤獨。等他成長，自己的性向又帶給他更多掙扎，讓他無聲地吶喊，那些說不出的話也帶來孤獨。因為關心弱勢，他接觸公民團體，在政治傾向上又與家裡衝突。但不管在哪個群體中，都沒人能接受全部的他。甚至男朋友都不能。

這位半個世紀前的人，因為不同的理由，邵國盛與他有了共鳴。

「你借了打算做什麼？」傅斯年問。

「您有注意到嗎？最近出現在這一帶的黑氣。太過濃厚，太不自然了。」

黑氣這種東西雖然到處可見，但都是稀疏的；然而自去年年底開始，這一帶的黑氣濃厚起來，已經難以無視了。這樣下去的話——

溫羅汀或許會滅亡，邵國盛想。

當然，不是物質上的滅亡，不是突來的繁華落盡。他擔心的是精神上的滅亡。

他曾聽城鄉所的康旻杰老師說，在華人世界中，還沒有一個地方能像溫羅汀這樣，容納這麼密集的獨立書店。這是非常獨特的。他對此也有強烈的感觸。不只是書店，這短短幾條街交會處，在無數的巷弄間，存在著多少議題啊！關心性別，關心友善農業，關心文學，關心藝術，關心公平貿易，關心臺灣主體，關心國際局勢，關心家暴，關心政治，關心城市發展，關心……

他能說出更多更多。

在這些巷弄交錯之處，誰也未必服誰擦撞出的火花，無論哪個都璀璨耀眼，這難道不是足以作為「城市精神」的地方嗎？因為這地方容納了這麼多元的想法，這麼多可能。但也因此，邵國盛知道那有多脆弱。

以他自己來說，他知道同志的聲音聽來再大，終究是性少數。歧視是身後的幽靈，只是有時不說話罷了，它們一直都在冷漠的大眾背後。個城市的一角雖然先進，卻也邊陲；面對「群眾」，他們不過是無力的遁逃者。

所以邵國盛怕。

他怕溫羅汀的人被黑氣影響，變得對議題冷漠，那不管這些想法多珍貴，甚至能帶給人幸福，都可能被消滅。

「你要用殷海光的遺留物來驅除黑氣？」傅斯年問。

「是的。」

「為什麼？」

邵國盛沉默，咀嚼著心裡的想法，認真開口：「如果一無所知就算了。但我看得到黑氣，也知道遺留物的作用。所以我責無旁貸。若我什麼都不做，那便是我的責任。」

傅斯年的幽靈飄浮在棺槨上，半晌不語。

「……拿去吧。」

他微微一笑。

「這本不是我的。殷海光他自說自話地拿來，我能說句不嗎？但這些年來，還真讓我覺得死後才開眼界。臺大這一帶竟變得這麼自由，這麼多意見，我不確定是不是這道光造成的……當年還在戒嚴，這一帶是能找到禁書、被查禁的黨外雜誌，但解嚴後，我本想不過就那樣了，但這裡走得比我想的更遠，甚至讓我反省起一些生前的事……畢竟我不是完人。」

傅斯年嘆氣，嚴正說：「你說黑氣之事，我也注意到，這確是臺大附近的危機，我卻無能為力。既然你有心，那沒道理不交予你。」

「校長也覺得這是溫羅汀的危機嗎？」

「不是我覺得，事實如此。這是惡意的……我雖在此，也是知道些消息，這對我們來說不是秘密。」他說出意料外的話。

「惡意？」邵國盛詫異地問。

「不錯，這是在資本主義下瓦解臺大附近各種思想的手段。」

「這是怎麼回事？」

「你知道從去年起，旁邊新生南路施工，拓寬人行道的事嗎？」傅斯年說。

「我知道，施工期間造成了交通不便，我在新聞上看過。」

「交通不便只是一時，待施工結束，是對行人方便的。」傅斯年揮手說：「現代社會裡，人們行走得太快，幾乎不會為身邊的事物停留，這才沒文化，因為沒有什麼留下。若果人們慢下來呢？」

「……聽起來像是好事？畢竟，如果慢下來，就有機會多瞭解潛藏這些巷弄裡獨特的思想、精神。」

「這是一種可能。所以現在臺大附近，正處在一個關鍵點。將來如何發展，視人們的選擇，將完全不同。」

邵國盛聽出他弦外之音：「您是說還有別的可能？」

「另一種可能，就是人潮帶來經濟價值，使人禁不起誘惑。這附近店家大半是租借店面，如果經濟價值太大，房東便會調漲租金，你想那會怎麼樣呢？」

邵國盛心中一驚，他大略想像一下，不禁流汗：「有些店家或許會吃不消，不得不離開這裡。」

這很可怕。但他沒說出口的，卻是更遠的想像。

要是那些關懷社會、關懷議題的店家搬走了，新進來的會是怎樣的店？會是同樣關心先進價值的店嗎？他無法樂觀。關心一種價值是需要經營的，不是來了就好，當向錢潮看齊時，新進來的店家很可能轉型為服飾店、飲食店。公館商圈會徹底變成只滿足物質欲求的商圈。他本就害怕如此，但傅斯年的話讓他的想像變得更加明確。

這完完全全是精神上的死滅，只有物質繁榮，卻屠殺了文化。

「那不過是第一步而已。」傅斯年說：「黑氣能讓人冷漠，變得只關心自己。如果聽到關心某些議題的店家離開，心裡想的只是『租金談不攏，那也沒辦法』，一切便真的結束了。因為我們向資本主義的力量屈服，將這種變化視為理所當然——所謂的自由之光，便是這麼容易熄滅——反過來說，若果我們意識到這地方已達成多奇蹟的成就，知道這裡經過多少努力，是多難取代的所在……難道我們不會想要守護這裡嗎？人是可以選擇的。經濟是一種驅力，但我們可以選擇別的價值……這裡有這種價值，就是為何黑氣想要摧毀這裡。」

邵國盛終於明白了。

對黑氣來說，它們想必早就想摧毀這裡。但或許是微弱的自由之光，讓它們不能一次殲滅吧？然而，新生南路拓寬給了它們機會，讓它們打算與溫羅汀決戰，這就是黑氣彌漫起來的原因。

它們打算一個不留地，將遁逃者全部消滅。

「看來，要是我拿走殷海光的遺留物，那我責任可大了。」邵國盛握緊手，半呻吟著。

「你要是不想負這重擔，我也沒辦法。我能做的，只有讓它在這所大學裡發光而已。」

「不，我要做。」邵國盛說：「我雖是遁逃者，卻不是只會逃的。」

「遁逃者？」

「是啊，在城市規則的隙縫裡遊走的遁逃者。」邵國盛苦澀地笑：「但其實人人都可能是遁逃者，因為誰都無法保證自己永遠與『大眾』一致啊！我們又有何必要與『大眾』一致？我們都有權決定自己是怎樣的人。」

真荒唐，邵國盛想。既然人人都可能成為遁逃者，那關心他人不是很合理嗎？為了當有朝一日成為少數時，我們也不會被消滅……

這裡擁有關懷整個世界的力量，不該成為這裡被消滅的理由。

「我大概同意你。那些黑氣總有一天會毀於自身吧？即使，那可能與人類毀滅一起發生。」

傅斯年彷彿讀了他的心，搖頭說。

「我不會坐等那天到來。」邵國盛認真說，向傅斯年伸出手。

那就是他覺悟自己的命運，踏上「孤獨的英雄之旅」的日子。

＊

以上，便是這個故事的「起點」了。

在故事終點談起點的事，彷彿有些荒謬，但若是現在的您，想必能明白吧？因為，那天夜裡，邵國盛站在傳園裡，站在傳斯年的棺槨前，心想著要不要帶走自由之光，那個關鍵的命運位置，現在也正在您的腳下。

在將自由之光重新帶回溫羅汀的您腳下。

故事是從這裡開始的。

因為就算自由之光普照溫羅汀，事情也沒有結束。人們還沒做出「選擇」，我們只是將天秤推回原點。接下來，人們的「選擇」才會決定溫羅汀的未來：是關心他人，對彼此的處境表示尊重，以自由之光照耀更多可能性？或是覺得事不關己，漠視他人，任由黑氣排除消滅所有「不一樣」的人？

知道這些的您，像接力一般，將邵國盛的遺志傳承下去的您，已與別人站在不同的立足點上。

這就是這趟為期二十多天的旅程的意義。為了讓您瞭解，讓您見證，讓你獲得做出選擇的機會與權利；最初殷海光在覺悟中發出的光，到了現代，不知不覺間已不孤獨，不「稀罕」了。而接過這道光的邵國盛，不是這道光最終的持有者。自由之光經過您的手，您也不會是最後的持有者。任何人，不必像一座燈塔，一點小小燭火就好，只要看到的人傳下去，自由之光便永不會滅絕。

您是他們的一份子。

這就是我所能為您獻上的小小故事。

尾聲

故事結束了。

真是個好故事啊——雖然海蟾仙人不得不隱遁，但維吉尼亞得救，自由之光也由魚木移到煥民新村外的停車場，最後遍照溫羅汀，掃除一切黑氣，真是可喜可賀、可喜可賀。

但真是如此嗎？

就算自由之光遍照溫羅汀，也只是回到起點，接下來往哪個方向走，命運未定；事實上，就在遊戲剛結束的當天下午，獨立書店所象徵的自由的精神便迎來了挑戰。

這要說到溫羅汀發生的一起爭議性事件。

《魚木的心跳》是台電將加羅林魚木周圍的圍牆拆除，開放為公共空間，並設置公共藝術作品的活動。而為加強與在地的連結，他們與溫羅汀獨立書店聯盟合作，讓各書店為作品題字。知名的同志書店晶晶書庫，選擇了陳克華〈我的肛門主體性〉一詩。

這一首詩引來了在地居民的抗議。

抗議者直接在藝術作品上張貼大字報：「肛門主體性等於在地文化？」、「主管單位尊重多元等於不必審核告示文案？」、「公共空間言論自由等於不需保護兒童權益？」看上去怵目驚心。

在地居民十分激憤，認為在人來人往的大學里，不應出現如此「不雅」的字句。他們這樣說，簡直就像是「肛門」這詞污染了這個地方，簡直就像說，性是骯髒的——沒說出口的是，同志的性特別骯髒。

他們為了這首「骯髒」的詩，到台電大樓前舉牌抗議、遞交陳情書。

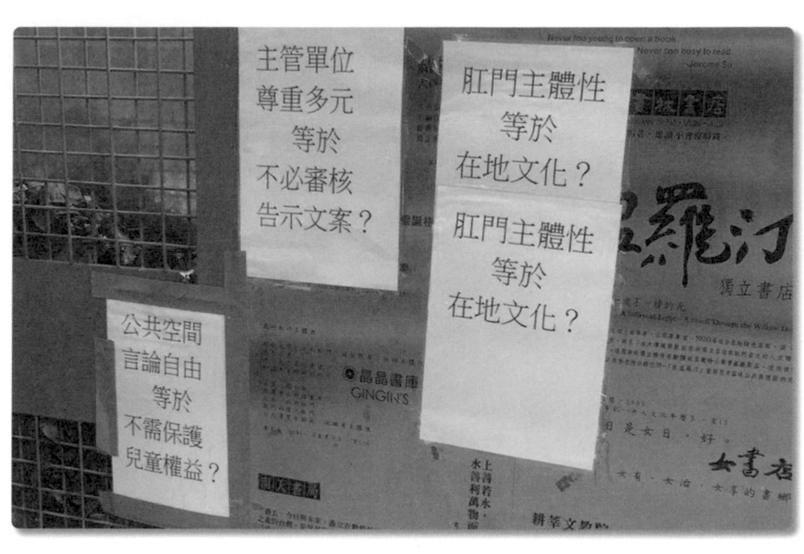

這一狀況，就像是h*Ours老闆曾提過的，牧師在他們店門口寫下「神愛世人」，有人到店門口外唱聖歌。

即使溫羅汀擁有許多關心同志與性別議題的店家，如晶晶書庫、h*Ours咖啡、愛之船啦啦、女書店，對同志的歧視仍未弭平。

開一間同志店家多麼困難——但它們又是如此重要。多少年輕迷惘的同志，曾來到溫羅汀的同志店家尋求庇護。就像邵國盛說的：在h*Ours裡，他終於感覺自己不再像個怪物。只要有一個空間，有一個去處，就算擁有被排除在大眾之外的性向認同，也能夠感到安全。

但這份安全感的基礎卻是如此脆弱。

在里民的抗議遊行之後，台電選擇退讓，在《魚木的心跳》表層黏了一張塑膠板，說明藝術活動的策展理念。重要的是，它擋住了引起爭議的詩作。

台電說，他們會與地方居民持續溝通。確實，一個地方居民可以決定自己居住地的價值，這是他們應有的權利。但是當一個地方——比如溫羅汀，已經超出在地自身的意義，擁有收留少數族群的能量時，如何在兩者之間取得平衡呢？

直到今天，詩作尚未重見天日。精心規劃的公共藝術作品、溫羅汀獨立書店聯盟的選文，就這麼被遮蔽至今，彷彿說明著平衡尚無解答。如果一旁魚木中的邵國盛有知，會以怎樣的心情看著這一切呢？

這個故事並不是最後，這裡也不是終點。

與黑氣的對抗還在持續著——溫羅汀所具有的獨立價值，並不是透過短短一個月的遊戲就能守護的，它需要眾人持續而長久的關懷、介入。或許沒有多人知道，但溫羅汀的獨立書店密度，別說臺北，在整個華人世界都是罕見的，這樣的地方，卻可能在漫不經心間被吞沒，無聲無息，甚至無人惋惜……

真正的「故事」，其實還沒有結束。

經歷過這場冒險的你，願意與我們一起延續自由之光嗎？

附錄

書中出現的溫羅汀店家與地景

永樂座

這次參與遊戲的玩家，最熟悉的店家非永樂座莫屬。因為是筆記本的所屬地，不論是回覆線索還是閱讀進度，都會一而再地走入這間書店裡。其中還包括了玩家的交流、結盟和破壞者的作亂等皆在永樂座上演著。也因為這樣精彩的發展，讓威廉成為本次遊戲合作店家中參與度最高的店員，不僅和玩家交流遊戲訊息、在筆記本上留言，還成為防堵破壞陣線中的一環。玩家間因為破壞者而熱血緊張的氛圍也感染了永樂座，不僅要看顧好筆記本的安危，頻頻注意玩家的動向，擔心被夾進筆記本的內容物，適時還得和反派玩家進行迂迴戰，使永樂座在這場遊戲中位居相當重要的位子。

永樂座的命名來自日治時期大稻埕的知名戲院。據石老闆所言，店家命名經常帶著些許洋氣，所以她想何不使用具本土文化和歷史脈絡的名字來作為書店的名字？因此永樂座就在這股「文藝復興」的動力下誕生。不光是命名而已，永樂座反應著是一種文化的本質，它不止是一家書店，更是承載著戲劇、講座和沙龍的場域。延續這樣的理念，在週末來訪的讀者，不難碰見店內正在舉辦的講座、讀書會，甚至是音樂會，從閱讀的空間轉變成人文交流的場所，這在溫州街的巷弄中，持續醞釀著新的文化力量。

但不管是作為二手書店，或是獨立書店，都面臨網路和連鎖書店產生的壓力。不過對於石老闆來說，新溫羅汀是商圈，也是有歸屬感的社區。所以永樂座歷經波折後到了這裡，不會只有販售，而是希望與社區進行互動，成為社區藝文中心的據點。也期望藉著永樂座的出現，來讓書本不會那麼枯燥乏味，增添書籍的活絡，提供人和書相遇的機會。因此，進入到永樂座裡，可以看見提供給讀者閱讀的座椅，也有販售咖啡、茶飲和簡便的點心，讓進來的讀者，可以舒適地沉浸在閱讀的世界中，這樣自在開放的閱讀環境，也是遊戲筆記本放置在此處的原因。

對新溫羅汀的想像

從小是臺北人，對這個區塊有家鄉感，即使並不住在這，也覺得和鄰居相處融洽。不認為住民即是保守，這邊仍保有友善的氣氛。

唐山書店

唐山書店的創辦人是人類學出身的陳隆昊老闆，因在臺大就讀的緣故，校園周邊的書店是他經常出入的場所，再加上曾在「南天書局」工作的經驗，讓他在身邊同學都往國外發展的同時，選擇留在臺灣開立書店，並往出版業開拓另一片天。依照自身的興趣，唐山書店以人文社會科學為宗，集結各類相關的書籍販售。初期因法規不嚴謹，在知識學習權至上的氛圍裡進行「翻版」國外社會學原文書，同時也販賣不少當時遭政府查禁的左派書籍，使唐山書店成為警察時常查緝的場所，身處在地下室的唐山書店，就名符其實地變成「地下書局」。在法規的確立後，原有的「翻版」書業漸失市場，近來更有連鎖書業和網路書城的夾擊，過往人手一疊書結帳的盛況已不復見。

「找出自己的力氣」——當陳老闆談到獨立書店時，認為這會是獨立書店支撐下去的重要方向。相較於連鎖書店，獨立書店往往都是個體戶的經營，沒有華麗的裝潢，也沒辦法給予太多的折扣，能吸引的顧客有限，因此個體的特色就顯得相當重要。相較於其他書局，唐山書店就非常適合對人文社會科學有興趣的讀者，不必再為了找冷門書籍而東奔西跑，也不必侷限在兩三櫃裡翻閱自己的興趣。對於獨立書店的想像，更像是微型的文化中心，主題特色化的經營模式，雖然無法創造巨大的利潤收入，但卻是領域知識的集成所在，堅持這樣的獨立精神，唐山書店仍保有當時開創的理念，依然在新溫羅汀的「地底」下萌芽結果，傳遞著人文社會科學的知識。

書林書店

書林書店的緣起得追朔到創辦人蘇正隆老闆在臺大就讀外文系時，因為班會中同學們彼此發下畢業後要有貢獻於社會的宏願，心中念茲在茲，直到退伍後，一個因緣際會接觸到了店面，決定和另外兩位同學在此創辦書店，完成就學時所認定的使命。會選擇書店作為反饋社會的方式，是來自過去蘇老闆求學時的經驗，外文書如果非大量購買，當時的書局多半不願販賣，偏偏許多知識資源都是從國外發展，對求知若渴的學子而言，就斷絕了學習之路。秉持這個理念，就決定開辦一間不以盈虧作前提，只要有需要就盡可能提供的書店，書林就在這股熱誠裡誕生。初期書店不斷賠錢，必須靠著三人在外接家教，倒貼資金才能勉強營運。這樣的窘境不但沒有打垮他們，甚至更激勵出他們的熱情，除了外文書籍外，還憑藉著對言論自由的認同，出版受打壓的鄉土文學與販售遭監控的黨外雜誌，這也讓書林書店在紛亂的時代裡，逐漸確立自己的腳步，成為現在的書林書店。

至今書林書店在全臺共有三個據點，書籍類型是以文學、語言和人文為主。延續著創立的初衷，即使是銷售量不高的冷門書籍，也依舊會成為書林裡的架上讀物，虧損的缺額就由熱門的教科書來補齊，堅持不成為商業取向的書店或出版社。這樣非主流的經營模式，讓我們看見了身為獨立書店的那份精神，具個體特色且不忘以人為本，提供一個知識的平台和管道，讓知識的學習者或提供者能夠不受主流與否的阻礙，盡情地在書林這個環境裡進行交流。依循著這份執著，蘇老闆希望獨立書店能受到政府的重視和補助，持續往偏鄉進行發展，讓各個城鎮都能獲取所需的人文知識，才能貫徹獨立書店的精神，並讓獨立書店的業者不至於在當今書業的困境裡，淪為被澆熄的火苗。

張眉張眼工作室

和這次遊戲的其它合作店家不同，張眉張眼是畫家曾秉芳的工作室與展覽空間，目前沒有固定的開放時間，所以還得有好運氣才能夠一探究竟。如果遇到創作期間，還能夠一邊欣賞畫作，一邊看到畫家正在創作的過程，這是許多藝廊都難以看見的奇特景象。這個空間也和我們印象中的展覽不同，只要是開放時間，就歡迎大家「隨意」參觀，可以拍照、聊天，甚至是小憩一下，沒有過往我們想像跟藝術間的距離感，反而因為畫家的熱情和沒有拘束的規定，增添了幾分親和力。

整個工作室主要由畫家和兩位影像創作夥伴合力經營，他們也考慮讓這個空間有更多方向的使用，可能是表演，或是跨媒材的創作（這次參與遊戲也是一個特別的嘗試）。除了要營造舒適自在的空間外，也希望能夠打破大家對藝術家孤傲憤世的刻板印象，看見藝術原來也可以如此的平易近人。秉持著這種理念，工作室和遊戲搭上了線，藉由遊戲讓工作室多了不少訪客，大家才發現新溫羅汀還藏著這樣特別的場域。因為入口不明顯與開放時間不長，附近居民對工作室難免還是有些陌生，不過他們也繼續試著讓大家走進他們的世界，為了顛覆對藝術的想像而努力著。

這次遊戲期間，很幸運地是在畫家的創作期間，所以大多數玩家拜訪時，都能夠欣賞到創作的過程。由於畫家對訪客的熱情，讓玩家們能輕鬆地在這個空間交談，無論是遊戲內的資訊，還是對於工作室的好奇，都在這個看起來昏暗的地下空間活絡地流動。喜歡安靜閱讀的玩家，可以在座椅區靜靜地思考線索；好奇心重的玩家，也可以坐到畫家旁討論畫作或遊戲。比較可惜的是，玩家們通常都急著探索新進度，即使和畫家相談甚歡也都匆匆離去找尋下一個線索。或許下次拜訪時，可以停留更多的時間，感受一下張眉張眼工作室的魅力。

對新溫羅汀的想像

讀書工作時居住過師大附近，一直覺得這區塊有股「鄉下感」。維持一種文教區的感受，有大家族的氛圍，然後隨著時間誕生氣息相似的新場域。

殷海光故居

殷海光故居原為臺大教授宿舍，過去曾是廢墟，而時任臺大哲學系教職的殷海光先生因為受到政治監控的因素來到了這裡。在其居住的十三年間，親手打造了現存的房屋、庭院。殷先生和國民黨政權的關係相當微妙，起初因為他的反共論述，受到國民黨的重視和引薦。不過因為殷先生宣揚反抗威權與自由思想的緣故，國民黨來臺後，反而使殷先生成為當時政權無法容忍的對象，試圖去除其教職，讓殷先生與臺大切割，且暗中派特務如影隨形地監控他的一舉一動，禁止任何非必要的對外接觸，最後在這種備受打壓的情境裡抑鬱而終。

殷先生逝世後，妻子女兒至美國尋求政治庇護，故居就成為其他教授的宿舍。後來歷經近十年的荒廢，直到 2008 年殷海光基金會趁著臺大出版殷海光全集的緣故，向臺大租借故居給基金會使用，到那時殷海光故居才以紀念館的形式出現，成為供訪客參觀的空間。目前故居內保存著殷先生的手稿、書籍和其他相關資料，讓訪客可以在這個空間認識殷先生的思想理念。同時，海光人文書院也藉著故居舉辦海光書讀，不僅有專業教授帶領導讀，也使得不同領域的參與者可以跨界進行交流。即使公共性有限，依舊盡可能地提供對相關思想感興趣者來訪，以成為自由主義的精神中心為目標邁進。

殷先生過去所宣揚的自由主義，和遊戲中重要道具「自由之光」緊緊相扣，依循著當時的史實脈絡，讓神秘的 S.S. 將自由之光交給殷先生，再輾轉成為普照新溫羅汀的光芒。殷先生過往的事蹟非常貼合遊戲的主要理念，也期許玩家在進行遊戲的過程，接觸各種議題，並保有自由意志接續發想。故居位置較為隱蔽，平時訪客數量不多，因為遊戲的緣故，許多不曾踏入此地的玩家都前去拜訪。雖然和故居人員互動不多，但不管是從展櫃的文物，或是播放的紀錄片，都讓玩家們或多或少認識到殷光海先生的生平與思想，知道曾有一位臺灣自由主義的開山大師居住過此處，而至今基金會仍延續其遺志，默默地為這份自由思想努力著。

對新溫羅汀的想像

具高文化資本的的地區，保守和叛逆的精神彼此衝突和共存，並希望故居能夠成為這區塊隱晦的精神中心。

春雷出張所

春雷出張所是一家隱身於溫州街七十四巷的小店，過去沒有顯眼的入口，現在則有了「金山小白鶴」駐足，成為一個吸引目光的標的。作為「臺灣生態工法發展基金會」實踐理念的場域，以購買代替捐款為號召，除了販賣不少來自日本沖繩的手作藝品外，也同時販售臺灣小農的農產品，以及金山小白鶴的周邊商品。販售並非春雷出張所設立的唯一目的，更重要地是希望藉由這個場域宣揚友善環境和食品安全的行動，像是基金會提出的「金山倡議」，或是在「八煙聚落」推行的友善耕種，都能夠在這裡得到相關的資訊。讓消費者在此處能夠安心的購買產品，同時還能替環境盡一份心力，成為兼具教育意義的獨立商家。

在這次遊戲中，扮演著初期四大據點之一的

角色。剛開始因為解謎進展的快速，使得玩家在線索還沒出現前撲空了幾次，但也給了店家和玩家有更多的互動機會。對於非當地人的店長來說，可以藉由玩家談論找到的據點，來對溫羅汀有更多的瞭解；而對於玩家而言，則認識到更多環境友善的相關議題，特別是對「金山小白鶴」有相當的共鳴，有部分玩家也因此成為遊戲外的顧客。故事中，小白鶴成為劉海蟾仙人的坐騎，讓身處遊戲中的玩家，拉近和小白鶴的距離，甚至進一步去關心「金山小白鶴」的現況，將遊戲劇情連結到現實世界的脈絡，成為玩家會關注的議題。

不過，店長特別提及，小白鶴的納入對春雷出張所或基金會都是個意外，但也因為小白鶴的加入，讓更多人去看見背後的環境議題，從關心小白鶴的動向演變成關注當地的環境保育，這是他們樂見其成的效果。所以，無論小白鶴是否會繼續停留在臺灣，基金會都會繼續維持一貫的理念，推行臺灣友善耕作的行動，來達成環境保護與食品安全的目標；而春雷出張所也會持續抱著這樣的理念來繼續經營。店長起初是希望能直接到基金會工作，但在因緣際會下有了這一家店，背負著使命感獨立於春雷出張所付諸行動，讓他和這家小店有了更深的羈絆。「用滿滿的愛去灌溉」是店長形容自己與這家店的關係，如果是對環境議題有興趣，或是喜好友善小物者，那麼這個由愛與理念奠基而成的春雷出張所，就會是來新溫羅汀必定要拜訪的好去處。

對新溫羅汀的想像

維持各種異國特色店家，持續這樣的多元風情，小店林立，而非連鎖企業。

女書店

女書店是從「婦女新知基金會」衍生出的一家書店，原本基金會內已有出版業務在進行，解嚴後社會運動風氣興盛，一群婦女運動的行動者決定將這些業務統整成一家書店，同時兼具營利和系統性處理的效果，讓更多人可以接觸到他們所出版的書籍刊物。店內出版或販售的書籍，多以女性作者的出版作品（也不排斥其他性別作者），或女性主義以及其相關社會運動題材為主。空間的使用也和一般書店不同，除了書架擺放外，店內的空間也提供課程、講座或用來討論社運行動。同時也讓性少數可以有個較舒適的環境，可以在這裡閱讀或是和其他訪客進行交流。店內有著一本和遊戲中相似的筆記本，提供給訪客留言、回應，內容從心得分享到徵友尋物都有，顯示出來訪女書店的讀者，和這個場域是較為親密、具歸屬感的關係。

這次遊戲將主角維吉妮亞設定為在女書店的工作者，必須依循著線索，前往女書店釐清維吉妮亞的真實身份。但因為破壞者玩家的進入，為了不阻礙後續遊戲的發展，筆記本上很快就出現了女書店提供的後續線索，使得前往女書店的玩家並不多。不過，在少數前往的玩家中，也有人和店家進行了有趣的互動，以遊戲中的思維交談，讓店家和玩家都享受到遊玩過程的樂趣。雖然玩家來訪的次數較少，但也讓女書店維持著讀者可以舒適閱讀的空間。因為過往有過團隊參訪經驗，讓店內的讀者無法繼續閱讀，所以起初對遊戲的配合有擔憂，但這次的「意外」倒是一個不錯的嘗試體驗。

遊戲背後所包含的獨立精神，就與女書店開店以來的行動環環相扣。特別是處在新溫羅汀這樣包含多元輿論的區域，女書店希望能作為溝通的橋樑，在性別議題這區塊，也接納不同聲音的進入，不願見到衝突最後只能走向二元對立的窘境。所以經常不畏主流觀點，舉辦各種方向討論的性別講座，或是在受到保守勢力壓迫時，站出來挺身發聲，讓不同的觀點和聲音，有可能在這個多元社會中並存下去。儘管這次遊戲沒能讓多數玩家走進女書店，不過在對抗「黑氣」的行動上，卻是女書店從誕生至今，從未缺席過的一場奮鬥。

對新溫羅汀的想像

從「魚木事件」就能看出這個地方的多元性，包括教會、社運組織、性別團體等等，希望發展出一個多元並存的空間，而非誰說服誰的狀態。

h*ours cafe

h*ours cafe 是一家性別友善的咖啡店，他們不只提供飲品，也有販售性別相關的書籍。而店內除了性別議題外，也不乏其他社會議題的推廣，還能聽見不同族群的困境和發聲。店長也提及因為 h*ours cafe 是推廣理念的據點，所以經常會是討論議題的場域，來訪的顧客都可以任意參與各桌的談論，形成自由的討論環境。偶爾也會舉辦種類多元的活動，像是食品安全的講座、心靈成長工作坊或是攝影展覽會等等。不論是在性別或是其他議題上，h*ours cafe 都十足展現出多元想像的可能，冀望能藉由這樣的經營模式，成為多元並存的空間。

整場遊戲結束後，讓玩家總是津津樂道的便是h*ours cafe這個據點。因為店長的風趣扮演和意外的「跳關」事件，在解讀這裡得到的線索時，玩家們花費相當多的心思去分析，頻頻造訪此處來釐清疑點。因此，讓許多未曾進入過性別相關店家的玩家有了初次體驗，在獲取遊戲線索時，也不忘詢問店家的背景，使得遊戲能間接推廣給不同族群的玩家們有關性別友善或是其他需要被認識的理念。過程中，雖然讓玩家吃足苦頭，卻仍是一個可以有共鳴的討論話題，從h*ours cafe的氛圍和線索，得知故事中男主角具備的同志身分，進而去認識性別多元的存在，這是在遊戲結束後，依舊可以繼續在玩家們心中繼續發酵的「自由之光」。

在新溫羅汀這個人文背景豐富的地區，涵容了許多的價值想像，h*ours cafe在宣揚性別多元論述時，自然也會有不同立場的聲音出現。如同店長剛直的態度，h*ours cafe咖啡非常接受各式衝突的產生（無論是店內或店外），認為衝突是有助於對話和溝通，不同聲音的進入，才是較好的討論方式。所以一直以來，在店門口的玻璃窗上，總能看見店長對各個族群的支持，或是社會運動的提倡。即使知道如此可能會造成其他群體的反對，但並沒有成為h*ours cafe迴避立場的理由，反而更希望藉由衝突的火花，來對議題有一個更清楚的認識和理解。無論你是否支持這樣的想法，都可以走進這家咖啡店，在充滿多元的氣息裡，來一場思考的辯證吧！

對新溫羅汀的想像

能保有各種不同脈絡（住戶、租戶、店家、地主）的對話，接受衝突，保有溝通與對話的社區。

流浪 ing 書店——

流浪 ing 旅遊書店是一家以旅遊資訊為主題的書店，店內提供餐飲與旅遊書籍借閱，並舉辦各種旅遊相關的講座或是分享會，來讓顧客得以分享彼此旅遊經驗與心得。這裡也提供自助旅遊的課程與旅遊諮詢，讓新背包客也能夠快速踏上第一次的自助旅行。

書店的創立是源自於喜愛旅遊的店長，自 2009 年一張環球機票旅遊回來後，想和周遭的朋友分享旅遊心得，但是卻不一定能有所共鳴，便在背包客網站中與其他的成員分享與討論，也在上面找到一同出遊的旅伴。然而，共同旅遊前的討論是相當重要的，若能有一個可以參閱旅遊書籍與資訊的空間，並讓大家能在空間內分享討論，或許是個不錯的選擇，於是「流浪 ing 旅遊書店」便因此而設立。

店內的講座不只有出書作者的講座，也包含了自助旅遊社團、素人演講等等活動。其中印象深刻的好比創店初期，與店長曾經同遊的旅伴幫店長在網路上宣傳，隨後那位旅伴的朋友光臨，與初次見面的店長暢談旅遊話題，遂談成了第一次的講座。店內也提供大量的旅遊書籍，特別的是，由於臺灣旅遊書籍市場不大，許多國外知名的旅遊書籍都只有簡體翻譯，但在店內幾乎都能夠租借的到，亦是店內獨特之處。

在書店裡可以聽見許多有趣的故事與人，大家可以藉由他們分享的旅遊經驗，回憶曾經去過的地方或是想像沒有到過的地方。而在店中陳列的一張張明信片上，都記錄了許多旅人在不同時空的感想與經歷。不同主題的講座也促成原本不熟識的顧客，因為相同興趣而相約成團，這也是這裡獨有且特別的經驗。

對新溫羅汀的想像

由於從小便在溫羅汀長大，能夠發現到這裡其實一直以來都是文教區，居住的居民也多以老師為主，而附近的書店林立，但由於現在書店的處境並不是很好，也不清楚未來政府會做甚麼樣的改變。

愛之船啦啦時尚概念館 Love Boat Shop

愛之船啦啦時尚概念館 Love Boat Shop 於 2004 年開幕，起初是以販賣特殊商品為主，在找尋店面的過程中，發現到理想的店面剛好坐落在臺北市同志友善的街區，而慢慢認識附近的教授或藝術家，他們也建議可以將愛之船帶入同志議題。原店長認為這樣的方式不錯，便將同志議題帶了進來，也因此認識了許多設計師，將他們的創意都放進店裡。

加入性別議題與商品後，透過媒體與國外雜誌的採訪，開始有人認為這裡是亞洲第一家女同志商店。而這全來自於店長希望可以創造一個對同志友善、不受拘束的商店的初衷。後來發現這個議題能夠擴展更大，便開始學習更多東西，好比禪繞畫、靈修等，這些元素才慢慢被帶進來愛之船中。

直到現在的店長到來，她著手設立網站與外文翻譯，帶進了國外的資訊，店內也增加越來越多樣的商品，整個氛圍充滿了舒適與友善，讓更多人都能進來聊天、互動。

愛之船內現今除同志商品外，也提供身心靈課程或是塔羅、易經等靈性相關的服務，能夠探索內在，並跳脫以往所束縛的框架。

店家獨立精神

愛之船一直在做的就是傳承，再來就是相融。「愛之船」原本的舊址是晶晶書庫原本的店面，後來才知道他們搬到對面。而「愛之船」對晶晶書庫的精神跟意涵都覺得很有意義，所以不管是他們的擺設或空間，都沒有改變，就像是一種傳承，之前的店長說過，只有相融才會變得龐大，所以這樣的傳承與相融都是愛之船一直在做的事情與精神。

這樣的精神亦能夠體現在同志議題中，全世界有10%是同性戀、雙性戀或跨性別，包含他們的家人朋友，其實很多人都跟同志有關係，所以當一個人開始接觸到同志議題的時候，他身邊可能就有同志的朋友，所以同志運動不單是同志的運動，而是大家的運動。

對新溫羅汀的想像

這一區的人都非常專注在做他手上在做的事情，而且喜惡分明，而且在臺大、師大就讀的人，畢業後也都會留在這裡。

胡思二手書店——

胡思二手書店於 2002 年成立，店長的家原本就在光華商場開二手書店，店長都會在假日的時候前往幫忙，自小與書為伍，也曾想過要在退休後成立書店。後來因緣際會下與其他朋友閒聊時，找到一個朋友店面二樓的閒置空間，可以拿來開設書店，在朋友鼓勵下，店長便辭掉工作，全心投入書店營運。

店長以前對二手書店的印象來自於家中在光華商場開設的書店，由於坪數小又悶熱，二手書店總帶給人環境不佳的印象，也因此希望一家書店可以提供舒適的閱讀環境的想法從高中起便一直存在於店長心中。

2002 年在天母開店後，於 2008 年又開設士林店，起因於天母社區是封閉型的社區，人口穩定，所以只要人口減少，商業行為就會降低，於是想藉由開設交通較為方便的士林店來維持收支。後來因為天母店每況愈下，所以便在 2010 年搬遷到公館。當時周遭的二手書店就已為數不少，雖然一方面可以聚集人潮，但另一方面也面臨更多店家間的競爭。

「胡思二手書店」主要的精神是以人為本，無論員工、顧客，甚至是修繕的工人，都希望他們能在店裡感受到舒適與愉快，希望能讓閱讀變成一件輕鬆愉悅的事情，不用太花時間就能夠進入純粹的閱讀，宛若在自家的書房一般。也藉由提供舒適的環境，讓書的知識能夠繼續傳遞。

另外，胡思二手書店獨特之處之一是「外文書櫃」，是由於原本天母地區有很多外國人，後來有一位女士想販售大量的二手外文書籍，偶然之下便成立了外文書櫃。而胡思人文講座亦是胡思二手書店的特色之一，他們每月邀請知名作家或藝術家來店內與讀者分享，雖然可能因此中斷部分收入，但店長認為這是一件有意義且具該店特色的事情，至今除年節期間外幾乎不曾停止，這也成為胡思二手書店的指標活動。

獨立書店的獨立精神

獨立書店具有較高的自主性，可以恣意做出自己想要的感受。好比「胡思人文講座」從 2011 年 4 月便開始至今，除了最近才開始找到政府的經費外，一直以來基本上都是透過自己的經費去運作，即便有些做法可能不見的可以維持甚至影響收入，但是仍然可以堅持自己的想法，這也是獨立書店可以做的特色之一。「胡思人文講座」的主題是藝術與文學，所以即便有很多人來商討其他的主題，但是因為主題不符所以只好婉拒，這也是獨立書店可以把握自己的調性的地方。另外「胡思二手書店」也有獨立出版寄賣區，希望可以讓一些獨立出版社能夠有機會讓更多人可以看見他們。

對新溫羅汀的想像

因為書店經營成本不低，於是都埋頭苦幹來維持營運，所以比較沒有去注意到周遭環境的改變，比較有感覺的可能是閱讀的人口慢慢減少，這裡跟士林店不一樣的地方是，比較容易受到學生影響，而且中國來的學者也很多，因此對書籍的要求也比較高。

另外，台電大樓最近新設的擋風板，一般居民並不清楚它的作用，如果台電可以把那個擋風板的資訊告訴社區的居民，比較容易可以建立起彼此的連結，就比較不會像現在距離比較遙遠。而新的擋風板與舊的台電大樓的建築兩者間風格差距過大，如果能夠在設計上做些調整，可以讓兩個看起來比較不會那麼突兀。

阿帕音樂工作室

阿帕音樂工作室由資深樂手長毛老師一手創立，於 1995 年在和平東路開設第一家和平阿帕音樂工作室後，陸續在西門町、華山，以及 2013 年在公館成立音樂工作室。除音樂工作室外，也籌備其他相關活動如「合作運動」和「小地方展演空間」等。

長毛老師有鑒於臺灣樂團音樂發展有其必要性，便著手創立音樂工作室，依其喜歡的樂團「阿帕羅莎」為名，將音樂工作室命名為「阿帕音樂工作室」。至今也培育出許多知名樂團，如閃靈、四分衛樂團。就連五月天、拖拉庫等在成名前也都曾經在這裡練團。

而公館阿帕音樂工作室自 2013 年成立後，承襲以往阿帕音樂工作室的風格，打造舒適的練習空間，且具備專業的師資，讓每個來訪的音樂人都能夠在此自在玩音樂。

雅博客二手書店

雅博客二手書店坐落於新生南路上，在 2008 年實體店開幕前，在網路上就已經是頗具規模的網路書店，但發現網路上常常會因為買賣雙方對書況沒有共識而引起爭議，遂衍伸出發展實體書店的想法。

雅博客當時選址便特意選在一樓，是因為有鑒於多數傳統二手書店會設址為地下室或是二樓，而且常常會給人雜亂、擁擠的感覺，所以雅博客除了選擇一樓外，也致力於明亮、寬敞的裝潢，期望讓來店的顧客能有別於傳統的二手書店感受。

雅博客二手書店在開設實體書店後，仍致力於創造一個有效而快速的E化系統，來服務不論是前來實體店或是不克前來的顧客，藉此希望讓每一本書，在人們搬遷或是認為它過時的時候，都能夠再交給下一位需要它的人，延續這本書的生命與故事。

靈感咖啡

靈感咖啡是由「ㄈㄞˊ點子」於2010年所開設的咖啡廳，取名《靈感》是希望讓顧客能夠藉由這裡的書籍、講座與展覽來激發想法。店址在三樓遠離了一樓店面容易遇到的嘈雜人車，開放的空間與窗景，讓人可以享受無限綠意與風光。

店內提供了免費插座與WIFI，希望讓每位顧客都能夠將這裡視為另一個工作室、休憩空間或是人際交往的地方，藉由不同刺激靈感的活動，與其他顧客或店家相互交流以刺激創意，既能品嘗美食與咖啡，也能透過活動與書籍來開拓視野。

「在這舒適的空間裡，尋找稍縱即逝的靈感。」一如店外的立架所寫，「靈感咖啡」提供了安靜舒適的空間引人思考，亦提供多樣刺激想法的選擇，希望每位顧客，都能夠在這裡發現那稍縱即逝的靈感。

Kokopelli Cafe & Art Space 創夢空間

Kokopelli是一家結合了身心靈課程、藝術與塔羅占卜的身心靈平台，位於羅斯福路上的巷弄之中，一樓作為用餐、休憩或是占卜的空間，二樓則是提供場地上身心靈課程或出租之用。

「Kokopelli」是古老印地安象徵自然、療癒與藝術的精靈，嗜好旅行的祂會帶著來自各地的護身符祝福人們。傳說只要 Kokopelli 吹起笛子，便會讓荒蕪的土地冒出新芽，萬物也會因此新生，為大地帶來豐收。而 Kokopelli Cafe & Art Space 創夢空間便是依據這樣的精神命名之，也將許多能夠提升人們身心靈成長的藝術創作與身心靈課程提供給來訪的顧客，一同享受生命的美好與歡愉。

目前 Kokopelli Cafe & Art Space 創夢空間已將經營權轉交給「買咖啡」但原本的 Kokopelli 欲傳達的精神仍會在新的店家中繼續維持，來訪的顧客一樣可以在這裡感受到身心靈的洗滌與成長。

吉他好朋友

吉他好朋友坐落於羅斯福路三段，由一群對音樂教學及表演具有熱誠的朋友們組成。吉他好朋友提供吉他教學與販售，教學項目有包含吉他、電吉他、BASS、烏克麗麗等，也有販售吉他相關配件並提供吉他維修保養等等。

寶藏巖

寶藏巖位於臺北市中正區汀州路三段，為市定古蹟。在日治時期二戰爆發時，臺灣總督府的臺灣軍曾在此置了高炮部隊，並興建軍舍。日本戰敗後因為寶藏巖地處優勢，所以國民政府來臺後亦繼續作為軍事基地並沿用了日治時期所留下的軍事建築。

在1960年代兩岸情勢稍緩時，寶藏巖除軍用外也開始出現人民興建違建居住於此，而居民所蓋起的違章建築就這樣保存下來，漸漸形成至今所能見到的聚落風貌。

蟾蜍山

蟾蜍山位於臺北市的大安區及文山區，在芳蘭山與寶藏巖之間，為重要軍事據點。在1950年代美軍協防臺灣時為重要戰略位置，且因為早年的軍事管制，至今仍保有中美協防時所留下來的的遺蹟。蟾蜍山上的「煥民新村」也是目前臺北僅存的空軍眷村。

蟾蜍山所擁有豐富的人文歷史與自然景觀讓臺北市文化局於2014年將其登錄為文化景觀，且在2016年也將軍事範圍一同納入文化景觀。

九汴頭

九汴頭是在清朝時期就有的圳道，被稱之為霧裡薛圳，當時是從景美引水用來灌溉大安庄的農田的圳道，遺跡位於現今的溫洲街與新生南路間。

瑠公圳

瑠公圳是由郭錫瑠於清朝乾隆年間所興建，是用來灌溉臺北市東區的水道。郭錫瑠在乾隆元年舉家遷移至臺北，並在興雅莊進行開墾工作，原主要是利用陂塘來進行灌溉，但陂塘因為土石淤積造成灌溉水源不足，只能去尋找新的水源。而郭錫瑠發現了在新店溪上游有豐沛水源可供利用，便決定於新店溪上游興建水圳，並歷經了二十二年才終於完工。

而後人為了紀念郭錫瑠的事蹟，便將他興建來灌溉臺北東區的水圳命名為「瑠公圳」。

萬新鐵路

萬新鐵路是日治時期由臺北鐵道株式會社興建的私營鐵路，全線從萬華到新店。

萬新鐵路起初是為了方便運送木柵、深坑等地的煤礦所興建，但之後也變成了一般的客、貨運，在戰爭期間也曾經用來載運軍用品。二戰後被臺灣鐵路管理局所收購，改稱新店線。1950年代後因為公路興起等因素降低了「萬新鐵路」的運輸量，直至1965年「萬新鐵路」停止營運、1970年全線拆除。

傅園

傅園位於臺灣大學校園內，前身是日治時期臺北帝國大學的熱帶植物園，後因臺灣大學校長傅斯年在1950年的校長任期內病逝，且其任職期間為臺大樹立良好學術風範，便將傅校長安葬於此用以紀念。而後在1951年完成斯年堂的建築，並將此地改名為「傅園」。

新生南路人行道拓寬

新生南路人行道拓寬工程於2015年8月10日開工，主要是以拓寬新生南路三段自和平東路至臺灣大學正門段兩側的人行道及增設自行車道，建立以人為本的無障礙空間。

劉海蟾

劉海蟾，名操，字宗成，又字昭元、昭遠，道號海蟾子，亦被稱為劉海。是全真道五陽祖師之一，受元世祖封為「海蟾明悟弘道真君」，元武宗封為「明悟弘道純佑帝君」。在明代《列仙全傳》中為八仙之一，也名列在下八仙之中。

國家圖書館出版品預行編目（CIP）資料

城市邊陲的遁逃者 / 臺北地方異聞工作室著 . -- 初版 .
-- 臺北市 : 奇異果文創 , 2017.04
面；　公分 . -- (北地異 ; 4)
ISBN 978-986-93963-4-9(平裝)

857.7　　106004428

北地異 004

城市邊陲的遁逃者

作者：臺北地方異聞工作室
（瀟湘神、謝宜安／長安、許雅婷／青悠）
照片提供：jedsid、X.Y.、蔚藍、NL
店家採訪整理：曾竣穎、林韋成
封面插畫：知岸
美術設計：舞籤

總編輯：廖之韻
創意總監：劉定綱
編輯助理：周愛華

法律顧問：林傳哲律師 / 昱昌律師事務所

出版：奇異果文創事業有限公司
地址：台北市大安區羅斯福路三段 193 號 7 樓
電話：（02）23684068
傳真：（02）23685303
網址：https://www.facebook.com/kiwifruitstudio
電子信箱：yun2305@ms61.hinet.net

總經銷：紅螞蟻圖書有限公司
地址：台北市內湖區舊宗路二段 121 巷 19 號
電話：（02）27953656
傳真：（02）27954100
網址：http://www.e-redant.com

印刷：永光彩色印刷股份有限公司
地址：新北市中和區建三路 9 號
電話：（02）22237072

初版：2017 年 4 月 9 日
ISBN：978-986-93963-4-9
定價：新台幣 380 元

感謝：台灣電力公司、
原典創思規劃顧問有限公司